我的妹妹哪有這麼可愛
Tsukasa Fushimi
伏見つかさ
Illustration◆かんざきひろ
9

C O N T E N T S

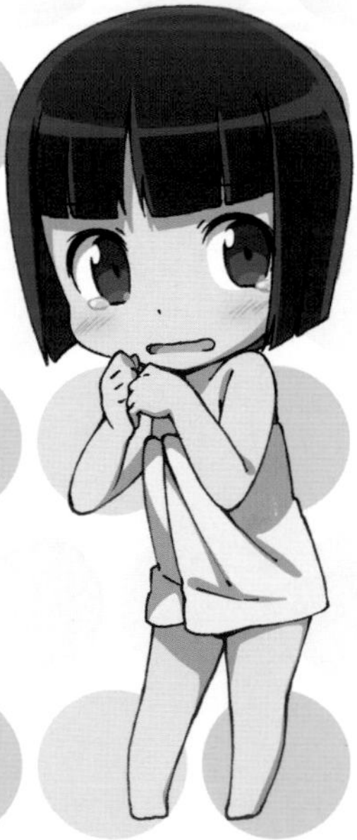

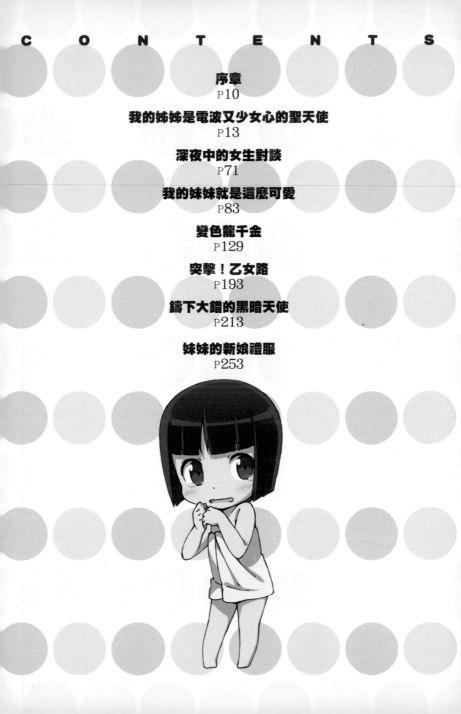

Ore no imouto ga
konnani kawaii
wake ga nai
9

What's your sister like?

你是說，希望我談姊姊的事嗎？啊……也好，京介大哥還是會在意吧？畢竟讓你碰上了那樣的場面。

儘管這並不是我想率先提起的一點——但簡略而言，那個人是我的「宿敵」。

就現狀來看，我終究敵不過姊姊，她應該可以說是我人生中的最終大魔王。

我尊敬她、崇拜她、憎恨她，同時也對她有感情。既有想效法她的部分，也就有絕不想模仿她的地方。

假如是京介大哥應該能理解吧？是的——我對她的感情很複雜，在各方面上都是。可是如果要用一個詞來形容，我覺得「宿敵」還是最貼切的。

What's your sis

換成小桐

好看。總有一天

想贏過那個人。

…………黑

的話……

……傷腦筋

定下的膚淺目標

那麼，大概

拖得有點久喔？

——咦？你

厭她了，連臉都

我的妹妹哪有這麼可愛！

9

伏見つかさ Tsukasa Fushimi

Illustration◆かんざきひろ

高中生活裡的最後一次暑假結束，時間到了九月。

無論是哭是笑，距離畢業只剩半年。再過半年，我的生活應該就會大幅改變。即使是愛好平穩，而且一路走來始終抗拒變化的我，也無法抵抗畢業、升學這樣的分歧點。

非但如此……半年這個詞對我而言，似乎還具備其他重要的意義，讓人牽掛得一點辦法都沒有。與其說這是直覺，更像連我自己心裡也沒有意識到的某種篤信。

不對。其中的一項意義，我已經心知肚明。

就是我妹。

我的妹妹——高坂桐乃。

比我小三歲的妹妹，同樣再過半年就會從國中畢業，邁向新的路途。

桐乃要是從國中畢業，會怎麼樣呢？她會就讀附近的高中，還是重新安排留學？或是——

「吶，桐乃。妳接下來要怎麼規劃？」

「祕密。」

就算我問，她也不肯告訴我。

參加考試、畢業、升學。然後則是尚未具體成形的某種東西。

只剩半年。這半年，我肯定得用人生中最專注拚命的態度來面對。否則我一輩子都會後悔。這樣的篤信夾雜著焦躁，存在於我心裡。

有這種心態的似乎不只我而已，班上那些人在迎接新學期後，也顯得各有打算。雖然我無法精確地形容，但跟去年同時期相比，教室的氣氛明顯有所不同。大家都被逼得很緊，應該說，感覺每個人好像都懷抱著不安與落寞，即使如此仍想全心全意地度過所剩無幾的高中生活。

剩下的時間不多。還有半年——我非得對許多事做出了斷。

訴說這動盪的半年之前，有件事我必須先聲明清楚。

那就是從我偶然發現妹妹的祕密開始，乃至於像這樣演變發展出漫長的故事，這一切終究只是我主觀聽聞見識到的經歷。

這是理所當然卻又重要的一點。

換了敘述者視點也會跟著切換，原本由我體驗到的故事，說不定也會大幅改變其樣貌。而遺憾的是，我看不見那些。

沒錯。

那些傢伙，有他們自己的故事。

〈我的姊姊是電波又少女心的聖天使〉

我的姊姊　一年一班　五更珠希

我有兩個姊姊。排上面的是瑠璃姊姊大人，排第二的叫日向姊姊。兩個姊姊都很溫柔、對我很好，所以我非常喜歡瑠璃姊姊大人和日向姊姊。日向姊姊喜歡講話，每次都會跟我說有趣的事，或是陪我一起玩。瑠璃姊姊大人很會畫畫，總是努力地畫漫畫。睡覺前她會唸故事書給我聽、和我一起睡，陪我到睡著為止，這樣我才不會怕。她非常會做菜，每次都煮好吃的飯給我們吃。媽媽、爸爸和日向姊姊吃的時候都說好好吃。瑠璃姊姊大人總是很努力。上次她

——……

「唔～」

在客廳讀著妹妹寫的作文的我，心情相當複雜地發出低吟。

「小珠我問妳喔。」

「什麼事？姊姊。」

留著妹妹頭的小女生，正保持規矩的坐姿，呆愣愣地抬頭看著我。

這個女生是五更珠希。我可愛得不得了的妹妹。

「呃，沒什麼事啦。」

「呼嗯？」

……不行不行，我問不出口。

小珠妳是不是比較喜歡瑠璃姊？這種問題。

「哎，傷腦筋。總覺得很吃醋耶。」

作文題目明明是「我的姊姊」，她寫的內容卻以八比二的比例偏向「好愛好愛瑠璃姊！」。身為珠希的另一個姊姊，我有點不是滋味。

而且更重要的是很害羞。珠希不會說謊，所以寫在這張稿紙上的內容，全都是事實。她好愛好愛好愛姊姊，喜歡姊姊這個、喜歡姊姊那個——和姊姊們一起生活，實在好幸福。

就說會害羞到死掉嘛！

要怎麼形容呢？我整個人好像都快融化了。

「小珠，這個……妳會在教室發表嗎？」

「是的！」

「你會在所有人面前唸出來？」

「是的！」

她回答得相當有精神。

「這……這樣喔。」

啊～～～～真的假的？慘了。我光想像就會死掉。

「……不行嗎？」

「不……不會啊！」

哪有可能不行？再說我很高興就是了。雖然還是超難為情啦。

——好，拖別人下水吧。

「小珠，等一下妳也拿給瑠璃姊看一遍——她肯定超高興的喔！」

「呵呵。」

珠希露出軟綿綿的笑容。她應該是在想像，最喜歡的姊姊高興時的模樣吧。

——哎唷，這女生到底有多乖啊？

連我都會臉頰發燙了，瑠璃姊看完這封來自寶貝妹妹的情書，絕對會害羞得受不了。

「嘻嘻嘻嘻嘻。」

糟糕，超想看的。超期待。我舔著嘴唇妄想那幕情境。

「怎麼了嗎？」

「哎呀呀，沒事沒事啦。」

為了掩飾，我再度將目光落在稿紙上。

那麼，到這裡我覺得要先做個自我介紹。

我叫五更日向。註冊商標是頭髮綁成兩束的小學五年級學生。三姊妹裡面，我夾在超可愛的妹妹、以及溫柔又笨拙的姊姊中間。

大概就這樣吧。關於我自己，應該也沒什麼特別好說。我是滿普通的女生，現居千葉縣，嗯。

我和珠希正在客廳等晚餐做好。雖然家裡的客廳要說寬廣也算滿寬廣，但如果和朋友家比，好像稍微老舊一點耶？以前我並沒有這麼想過，最近開始變得介意了。畢竟，我這個年紀會崇拜時髦的品味。最近我也會去店面站著翻時裝雜誌，可是我有的衣服，全是姊姊轉讓下來的樸素貨色，身為女生我對這部分偶爾還挺不滿的。

話雖如此，這個家根本沒有人可以陪我討論穿著。

我媽的品味真的很樸素。妹妹又才小學一年級。而姊姊同樣有她的問題，要是找姊姊商量，她八成會興致勃勃地幫我做禮服。

「……呵……看來妳也差不多需要暗之衣裳了？」她絕對會講出諸如此類的話。

沒錯。我的姊姊想法有一點——不對，她受不明電波影響的症狀非常之明顯。

五更瑠璃。我都親密地叫她瑠璃姊。

她在網路上似乎是用「黑貓」這個暱稱。

瑠璃姊擁有令人羨慕的漂亮黑髮和白淨皮膚，是個流露出避世氣質的人。平時情緒淡薄，沉靜臉龐上連一絲溫度也沒有——的樣子。

她總是用冷冷的眼光睥睨周遭——的樣子。

雖然只要住在一起，就會知道她是個有喜感而且捉弄起來很好玩的人。

至今，我還沒有遇見能分享這項有趣嗜好的同志。

姊姊從以前就常待在家裡玩，現在已經徹底沉浸於動畫和電玩、漫畫與小說之類室內性質的嗜好，她應該就是所謂的御宅族吧。

幾年前她開始自己創作小說和漫畫，甚至還受到動畫的影響，自力縫製哥德蘿莉服來穿，每天晚上更會在自己的房間舉辦詭異的儀式。

姊姊的「儀式」日漸加劇，比如跟虛構的對象講電話，對她來說早就變成家常便飯。

只要沒有那些毛病，她真的是個好姊姊啦……

像這樣，我心裡想著敬愛的瑠璃姊，一邊也讀著妹妹作文的後續內容。

——那時候，瑠璃姊姊大人似乎在茫漠的日常生活中，發現了光輝耀眼的命運。可惜的是，我一點也不懂，但姊姊大人滿臉高興地說：「啊，他的靈魂在轉生之後依舊沒有毀損。」和她在跟「黑暗世界的居民」講話時一樣，臉好紅，很興奮的樣子。我希望自己有一天可以聽得懂姊姊說的是什麼意思。

「妳不可以聽懂——！」

我忍不住喊出聲音。糟糕……純真小朋友已經受到嚴重的負面影響了……

幾年以後，假如珠希講出「墮天聖」或者「我的真名乃是黑貓」這種慘痛的發言，該怎麼辦啊……應該說這一篇作文，在引用到瑠璃姊台詞的瞬間，就已經發出無比驚人的黑歷史氣息了……！但不愧是冰雪聰明的珠希（雖然就某種層面來看是非常糟糕的傾向），她還懂得將瑠璃姊的電波文章，確切地翻譯成國語記述下來。

那些話不太好懂，所以我試著用自己的方式思考，我覺得，那一定是這個意思：

姊姊大人有喜歡的人了。

「耶？咦咦咦！」

她似乎寫了非常不得了的內容！

等等，欸……什麼狀況？這是要在教室唸出來的吧？小珠——問題不是這個啦！

「呃，小珠……妳寫在上面的，全部都是真的對不對？」

「對！」

珠希握緊拳頭舉向天。我想也是，她不可能寫假話嘛。

實際上，瑠璃姊偶爾會找還不太懂事的老么，私下傾訴一些祕密。語氣感覺就像：「珠希，妳聽我說——」我想，那大概類似於對著布娃娃吐露祕密，算是在尋找某種慰藉吧。

至於我為什麼會知道這種事，那是因為我這裡有幾個用來戲弄瑠璃姊的梗，就是從珠希身上取得的。

嗯，意思是說——這一次她爆的料可能也是真的囉？

咦！不會吧！那個瑠璃姊——有喜歡的人了？反正不是二次元男友就是腦內男友之類的吧？

「唔……可是，一口咬定對方不存在也不好。」

再說如果事情屬實，也沒有比這更有趣的梗了。

去確認看看吧。

我立刻前往廚房。話雖然這麼說，也就幾步的距離而已。

「瑠璃姊瑠璃姊～」

我朝穿著連身烹飪服切蔬菜的瑠璃姊搭話。

於是，一如往常的溫柔答覆傳來：

「……妳真吵，再等一會就好了。」

「沒有，我不是來催妳做飯啦。」

「那妳有什麼事？」

「瑠璃姊，妳有喜歡的人了是真的嗎？」

咚！我聽到像是菜刀插在砧板上的聲音。接著瑠璃姊用機器人般僵硬的動作，一節一節地轉過身來。

「妳在說什…什什什…什麼呢？」

「咦……等一下，真的嗎？」

這種反應，讓可信度提高百分之五十了嘛！

「啊，不是……妳……妳想錯了。」

好啦，真相落定。她臉居然變得紅通通的，哎唷，有夠可愛！

「不會吧！原來瑠璃姊真的有喜歡的人了！恭喜！」

「我……我都說……妳想錯了不是嗎……」
雖然「腦內男友論」沒有因為這樣就消失，總之這個笨拙的姊姊，似乎真的變成戀愛中的少女了。我趁機繼續問：
「對方是什麼樣的人！告訴我嘛！」
「妳……妳這小孩都不聽別人講話。」
「不要再裝傻了啦，告訴我嘛。好在意好在意！」
「好在意好在意！嘻嘻！」
不知不覺中跟到我屁股後面的珠希（雖然我想她大概不懂這是什麼狀況），也將相同的要求重複一遍。
於是臉色變得像蘋果的瑠璃姊點點頭，開始陣陣地發抖。
「……他。」
「他？」
「他非常……迷人。」
「呀啊——————！」
瑠璃姊講出來了！不妙，實在不妙！超有趣的！
「你……你們已經在交往了嗎？」

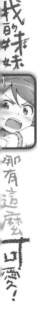

「還……還沒。」

「什麼嘛！那……那……告白了沒？」

「妳……妳有分寸點！我要生氣囉！」

「什麼啊，原來還沒告白？」

我猜這時候挑釁會有效！

「瑠璃姊果然很像小朋友耶。」

「唔……」

瑠璃姊氣得拳頭發顫。

「……呵……別把我當成傻瓜。」

看吧，她上鉤了。小意思。

然而姊姊說出口的台詞，卻超乎我的預料。

「我也是有跟我訂完『契約』的男人……」

「咦？契……契約！」

她……她她說的契……契約是……

「呵呵，對呀——我就是說『契約』。」

瑠璃姊自滿地露出笑容。

「他目前在這個世界的名字叫『京介』。當我過去還是『黑色野獸』時，他就已經是要成為我伴侶的野獸……」

「什麼嘛，結果還是二次元男友嗎？」

真受不了，這樣嚇唬人。

一瞬間，讓我還以為瑠璃姊已經登上大人的階梯了。

「錯了。他是確實『存在』的。」

……瑠璃姊好可憐。

「小珠，妳去一下那邊。」

為了不讓小妹看見長女悲哀的一面，我把人趕走。然後，我擦著流下的眼淚溫柔說道：

「嗯，就是說啊……黑色野獸……呃，他叫京介？我知道，他是存在的。」

在瑠璃姊心中。

「……我現在為什麼會被妹妹同情？」

「沒有，妳不用介意喔。我只是眼睛裡跑了一點灰塵進去而已……」

我眼淚停不下來。雖然我一直覺得瑠璃姊是個慘痛的人，但沒想到她真的會在腦內創造出男朋友，還在腦內和對方做色色的事情……好悲哀。未免太悲哀了……

簡單來說……這表示——每晚的「儀式」又加了新的設定吧……

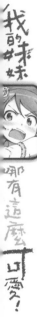

在瑠璃姊的心變得堅強點以前……或者在真正的迷人男朋友出現以前，我認為不應該讓她直接正視現實。

至少我們兩個妹妹要懂得配合她才可以。

「呃……瑠璃姊喜歡的對象，是哪裡迷人呢？」

「……全……全部。」

拋回來的是少女心全開的答覆。

唔哇……她被迷得神魂顛倒耶。

對一個存在於妄想中的對象。

瑠璃姊彷彿害羞得站不住，當場蹲下來了。

接著，她臉紅通通地嘀咕說：

「他長得帥，個性又溫柔……是個非常可靠的人喔。」

「打架也很厲害？」

既然是瑠璃姊喜歡的mascheraq角色，我記得應該很強才對。可是瑠璃姊卻說：

「不……今生的『他』應該沒有戰鬥能力喔。」

好好好，設定是那樣對吧？

「……妳不試著跟他告白嗎？」

「這個嘛……因為他是個很遲鈍的人，如果沒有直接說清楚，他大概不會懂吧。」

明明都已經訂完「契約」了，心意卻還沒有傳達過去？這太莫名其妙了吧？

「再說……除了我以外，還有別人喜歡他……」

嗯……以腦內男友來說，對瑠璃姊不利的設定滿多的耶。換成平時的瑠璃姊，我覺得她應該會在腦內設定成「他可是我的僕人」。雖然「堅強專情的少女」才是瑠璃姊的本來面貌，但是會裝壞心把那些特質藏起來，就是瑠璃姊之所以是瑠璃姊的地方。

「有人會因為我告白而受傷。」

「那麼……意思是妳不會告白囉？明明喜歡對方。」

「…………」

姊姊露出的表情太過認真，我實在無法拿她尋開心。

從姊姊那裡聽說高坂桐乃這個人，是多久以前的事？一年前的夏天，姊姊初次參加「網聚」這種集會——並且順利交到朋友回來的那天。應該就是那之後沒過多久吧。

「唔～嗨，我是好奇想問說，網聚結果怎麼樣——好玩嗎？」

「——當然好玩啊。我有交到很多興趣合得來的朋友，而且接下來正要去二次會。」

網聚當天，我隔著電話聽到的姊姊聲音，似乎有某種逞強的感覺……說不定，網聚其實是不歡而散的……我記得自己曾經這麼擔心過。

從那天往前推大約半年，我試著若無其事地問過：「瑠璃姊，妳該不會都沒有朋友吧？」

然而姊姊那時回答：「……沒那回事喔。」並且自信地笑著將手機遞來。

「……給妳看看我朋友很多的證據吧。」

如此說著。

瑠璃姊給我看了她手機上的通訊錄。

上面的確記錄了許多名字。

有是有啦……

阿櫻九尾——「俗世之狐（瑪門）」。

飛鳥優湖——「邪蠅王（巴力西卜）」

篤子・艾琉修歐斯・桑德連——「惑亂黑羊（阿撒瀉勒）」

「Ω」

女？／本名不詳／帳號名稱／第二類報復對象——「Fairy」。

——以下大致像這樣還有一百多人。

「……………………」

「……呵……如何？這樣妳懂了吧？」

「……嗯，我懂了。」

我懂了瑠璃姊根本沒朋友。

就是因為有過這段插曲，我會擔心姊姊也是難免。

不過——並不像我擔心的那樣。瑠璃姊是真的交到興趣合得來的朋友了。

姊姊回到家之後，我還沒問，她就得意洋洋地對我講出「熾天使」啦、「巨神」啦，諸如此類搞不懂意思的詞說個沒完——但我隱約聽得出，她是在炫耀「自己的朋友」。因為那和她以前炫耀那些虛幻的朋友時，完完全全不一樣。

好久沒看到瑠璃姊這麼開心。

我有稍微反省一下。自己太小看姊姊了。

在那之後，我記得還發生過這種事——

那一天，姊姊到家以後，就鬼鬼祟祟地捧著裝書的紙袋跑回自己房間。

怪了，明明是女生還買色情書刊回來嗎？

我這麼想著，心情雀躍地朝姊姊的房間展開突襲。

唰啦！

「瑠璃姊妳有空嗎？」

「咿……什……什麼事？」

嚇得跳起來的瑠璃姊，順手把剛才看的雜誌藏到身後。

這種反應——絕對是見不得人的書！

「咦？瑠璃姊，妳剛剛把什麼東西藏在後面——是雜誌？」

暗中叫好的我逐步貼近。我一繞到瑠璃姊背後，她就轉身想逃跑——可是她想得太美了。

立刻做出假動作的我開口宣布：

「到手啦。」

「啊……！」

盜取成功。我獲得瑠璃姊見不得人的書。

當我緊張又期待地翻開書之後——

「這什麼？只是普通的書嘛。」

那就像我常常站在店裡看的少女時裝雜誌。

拗不過我的瑠璃姊「唉」地嘆了口氣說：

「妳不要亂猜……這不過是，呃，俗氣的時裝雜誌罷了。」

「也是。沒什麼好奇怪——」

不對，很奇怪。這絕對很奇怪！

「——瑠璃姊在看時裝雜誌？」

「……我看少女時裝雜誌，有什麼好奇怪的嗎？」

「有夠奇怪的！發生什麼事了？妳是冒牌貨嗎！」

「……被否定到這種程度，實在很氣人呢。」

呃，誰叫……妳是瑠璃姊耶？妳是那個老是讀著內容可疑的魔導書，還會一臉自以為是地穿著哥德蘿莉服出門的……那個瑠璃姊耶？我們家這位品味異於常人的姊姊，會在某天突然看起時尚少女雜誌，那種不協調的感覺，不是一句對牛彈琴就能形容的啦！即使如此，眼前的現實依舊沒變，所以我儘管覺得難以置信，還是試著問了姊姊：

「……怎麼了？妳開始對普通的流行感興趣囉？」

「才不是。我哪有可能穿這種不知羞恥的衣服？」

「可是我覺得姊姊滿適合的耶。」

原來我想錯啦。

「……那妳為什麼要看？」

我再度問，結果姊姊貌似害羞地噘起嘴說：

「……我朋友，有刊在上面。」

「瑠璃姊交過朋友嗎？」

「…………（青筋抖動）」

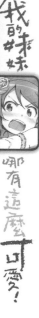

「好痛好痛好痛！」

我臉頰被捏了。

「對不起啦，原諒我！……痛痛痛，呼～好痛。」

「那麼，我們重來一遍吧。」

面無表情地宣布以後，瑠璃姊又貌似害羞地噘起嘴說：

「……我朋友，有刊在上面。」

「咦——！真的假的！」

這是鬧劇。

不過我真的有嚇到喔！畢竟提起瑠璃姊的朋友，就是她之前在御宅族網聚認識的人——

「會……會刊在雜誌上面……表示說，那個人是模特兒？」

瑠璃姊臉紅地微微點頭。

「是誰是誰？」

瑠璃姊將雜誌翻到中間頁數，然後擺在地板讓我看。她嘀咕說：

「……就是這裡面，看起來最像bitch的那個。」

「像bitch的。」

這樣講我也摸不著頭緒。應該說一眼看去，上面全都是外表華麗的人，感覺根本沒有會和瑠璃姊興趣合得來的——那種像御宅族的女生。

「呃，這個人嗎？」

「不對。」

「……那麼，是這個人？」

「不對。」

「……那麼是誰啦？妳說像bitch我也分不出來嘛。」

「…………是這個人喔。」

瑠璃姊指了那一頁最漂亮的女生。

「咦咦咦咦咦咦咦咦咦咦咦咦咦咦咦！是……是這個人喔！」

「對啊。呵呵，她很像bitch吧？」

「哪裡像了！」

這是超級美少女嘛！唔哇腰好細！臉好小！糟糕，真讓人崇拜耶！

「瑠璃姊的朋友」穿著大膽時髦的夏裝，擺出彎腰的姿勢用手比出V字。淡褐色的頭髮與耀眼笑容。陽光下那副燦爛的模樣，讓我一眼就著迷了。

「妳還問哪裡像……全部啊，全部。渾身上下一直到靈魂都像bitch。那就是這個女人的真面目，哼。」

瑠璃姊一邊用手戳著那位漂亮的朋友，滿臉開心地連叫了對方好幾次bitch。和台詞的內容正好相反，她提起朋友的口氣顯得相當自豪。

「妳仔細看，在這本雜誌刊的模特兒當中，她不是格外像bitch嗎？」

「呃……嗯。」

bitch這個詞，是類似「帥氣」的誇獎字眼嗎……？該不會我之前把單字記錯了……？一……一定是這樣！

「嗯！這個人就是bitch！」

「看來妳終於懂了。」

瑠璃姊滿意地點頭。我們兩邊講的意思似乎總算通了，我也放下心來。

「所以說，最近每天和瑠璃姊講電話的『bitch小姐』，就是這個人囉？」

「是啊。」

「唔，上面寫她叫什麼名字……喔——！是桐乃姊姊啊～～～～！」

我目不轉睛地盯著桐乃姊姊（bitch）。長得這麼漂亮開朗的人，居然會跟瑠璃姊做朋友——真不敢相信。

「咦？意思是說……bitch小姐也是御宅族囉？」

「是……是啊。」

「咦～？看不出來耶。」

「我……我沒有騙妳喔。來，妳看這個。這是之前我們在秋葉原拍的照片。」

賭氣的瑠璃姊拿手機給我看。液晶上顯示的桌面圖片，是瑠璃姊和桐乃姊姊、以及另一個戴著圓眼鏡，看起來就很像御宅族的女生的合照。

「喔，真的耶。是說瑠璃姊，原來妳會把和朋友拍的照片設成桌面呢。」

「這……這是碰巧。」

哪有可能碰巧去改桌面圖片啊？我這樣想。

「還有，之前瑠璃姊不是用我的照片當桌面嗎？」

「妳怎麼會知道！」

「沒有啊，我瞄到而已。」

「呃……應……應該說我只有當時才用那一張……誰叫那排在輪流用的圖片裡面。」

「好好好。妳也有用小珠的照片對不對？」

「唔……」

彷彿被戳中弱點似地，瑠璃姊滿臉不甘心地咬住嘴唇顫抖。

我想問一下有姊姊的各位妹妹——假如姊姊用了妳的照片當手機桌面，妳會有什麼想法？

像我的話是一半高興，一半害羞。所以看到桌面被換成桐乃姊姊，「得救了」的心情以及姊姊

被搶走的嫉妒心，正交錯摻雜在我胸口。

「嘿～妹控。」

「……日向，今天的晚飯……妳認命吧。」

唔。

看來我似乎逗得太過火了。

「對不起對不起……話說回來——桐乃姊姊嗎……真想和她見面呢。」

我將心思徜徉於還沒見面的「姊姊的好朋友」身上。

「絕對不可以。我不能讓妳們和那隻猛獸碰面。」

「咦，為什麼？不要這樣講嘛。我也好想見她喔。」

「不行就是不行。」

「人家不會從瑠璃姊那邊把桐乃姊姊搶走啦～」

「……我並不是那個意思。講這些真的是為了妳們兩個好喔！所以妳給我聽話。」

「……不要，妳幹嘛那麼堅持？」

等我了解瑠璃姊如此拚命地阻止我和桐乃姊姊見面的理由——是在這之後又過了一年多的事。這時的我，只能偏著頭感到百思不解而已。

——再將話題帶回。

那是在八月，我聽說「京介」這個腦內男友的名字以後，經過幾天才發生的狀況——

我發現，腦內男友「京介」，似乎和瑠璃姊之間有了進展。

和腦內男友關係有進展。

聽起來真聳動。

對於京介這名人物，瑠璃姊開始編造出具體的妄想設定，甚至連「他是桐乃姊姊的哥哥」這種話都能講出來，讓我一直覺得這個老姊有點不太妙——但決定性事蹟是發生在這天。

暑假中間的傍晚，我在玄關對回到家的瑠璃姊開了口：

「瑠璃姊妳回來了。今天晚餐吃什麼？」

「…………呵呵……呵……呵。」

「瑠璃姊？」

這個人怎麼回事？看起來搖搖晃晃還笑瞇瞇的耶。而且臉也好紅——是發燒了嗎？

「瑠璃姊，妳沒事吧？」

「……咯……呵呵呵呵……呵呵呵呵呵呵。」

「…………」

這下糟糕，她沒救了。

穿著平時那套哥德蘿莉服的瑠璃姊，將傻眼的我擱在一邊，搖搖晃晃地走進自己房裡。

「呼嗯，呼嗯，呼嗯～？嘻嘻嘻，總覺得有冒出好玩事情的預感喔！」

我抱著兩成擔心、八成有趣的心情，跟到姊姊後面。

一如往常，我「唰」地拉開姊姊房間的紙門。

「……瑠璃姊，飯要怎麼辦……欸？」

門後面呈現的是驚人的光景。由於瑠璃姊有專注在一件事情以後，就看不見旁邊的傾向，偶爾她也會不小心在我面前進行神祕的「儀式」——

但現在可沒有那麼單純。

瑠璃姊連心愛的那套哥德蘿莉服也沒換掉，摟緊坐墊整個人趴著，兩條腿一直亂踢。

「～～～嗯！～～～嗯！」

……什麼狀況？長久以來我都懷疑她在妄想時會做色色的事，現在目擊到的就是現場嗎？

眼看那詭異的舉動越來越激烈，到最後瑠璃姊抱緊了坐墊，開始在地上滾來滾去。

「～～～嗯！～～～嗯！」

滾過來滾過去。亂踢亂踢亂踢。她好像嘀咕著什麼，但我聽不見。

「……糟糕，瑠璃姊瘋掉了。」

我全身僵住冒著冷汗。

「……怎麼了嗎？」

「……小珠，妳現在不可以來這邊。」

因為理智度會下降。

趕走妹妹以後，我也不能放著姊姊在這種狀況下不管，只好呆站在房間入口守候事情的經過。滾來滾去亂踢亂踢亂踢持續了一陣子的瑠璃姊，忽然用力站起身。

「！」

這次她要做什麼？我心裡如此警戒。

瑠璃姊完全陷入視野狹隘的症狀，沒有發現我就在旁邊看。

依然兩頰發紅的她，搖搖晃晃地走向桌子，開始動筆寫起某些東西了。

「……？」

她畫起漫畫了嗎……？倒不如說，我們的晚飯怎麼辦……

我偷偷靠近從後面偷看。

「唔哇。」

沙沙沙沙沙。瑠璃姊正在筆記本上，飛速地記載著文字與圖畫。而且還用一副非常幸福的表情。……她試著寫下「高坂瑠璃」，隨後又拚命搖起頭，把那幾個字塗得密密麻麻。

……這個人根本有問題。好像已經沒有人能阻止瑠璃姊了。

而今天的晚飯，似乎只能靠我努力。

這時候的我一直相當擔心：瑠璃姊對腦內男友的妄想，是不是惡化到即使稱為疾病也無妨的地步了？

從那天以後，瑠璃姊的模樣明顯變得很奇怪。不對，雖然到目前為止就已經夠奇怪的了，要說是奇怪的類別不太一樣嗎？

坦白講，她變得頗有少女心。

「……我接著要打一通重要的電話。從現在開始的一個小時內……要是接近我房間或是吵鬧的話……我就降下魔王的詛咒讓今天晚餐的一道菜消失在黑暗當中。」

瑠璃姊從自己房間的紙門後面露出半截身體，「噓噓噓」地把我們趕走。

「吼，竟然嫌我們礙事。」

「姊姊大人又在和『黑暗世界的居民』講話了嗎？」

珠希捧著故事書，一臉遺憾地問。瑠璃姊讓小妹規規矩矩地稱呼她為「姊姊大人」。

嘖嘖咂舌的我比著指頭否定，壓低聲音說：

「……瑠璃姊從『黑暗世界』接收到電波，正在和妄想中的男朋友講話喔。不要去吵她。好啦，我們走吧。書我會唸給妳聽。」

「哇～」

珠希率真地表達開心。看她這樣，我露出苦笑。

順便做個說明，所謂「黑暗世界的居民」，就是瑠璃姊那些虛擬朋友的總稱，她常用手機或其他方式與他們聊天，而最近連桐乃姊姊與其他真實生活中的朋友，也都包含在那裡面。

只不過，現在和瑠璃姊講「重要電話」的對象是——

離開之際，我僅僅停留幾秒，將耳朵豎起。

於是瑠璃姊在房間講電話的聲音，微微地傳了出來。

「……那個……我……沒什麼特別的事……會打擾到你嗎？呃……因為，我想聽你的……聲音。」

唔哇喔，好甜蜜耶。

然而，對方是只存在於瑠璃姊妄想中的人，從這種前提來看，他們那種幸福洋溢的對話在意義上就會有一百八十度的轉變。那會變成電波女慘痛地用悲哀方式自娛的一幕。

「……嗚嗚。」

真的有夠催淚。未免太慘了，慘到我都沒辦法逗她尋開心……

「唉～該怎麼辦才好呢……」

「？？？……日向姊姊，請妳打起精神喔。」

「……謝啦。」

我扶著陣陣刺痛的胸口，同時也摸了摸妹妹的頭。

當天晚上——

「……呵……咯咯咯……呼呼呼哈哈哈……終於……我終於完成了……！」

瑠璃姊連我在看都不知道，一邊發出大魔王般的淺笑聲一邊起身。假如要說明，狀況是我拉開房間紙門，想告訴她「浴室空出來了喔」，結果「黑暗儀式」剛好進行到一半。無論目擊幾次，我就是沒辦法習慣姊姊這種調調。

在呆站著的我的眼前，瑠璃姊弓起手掌，抬著單腳——

她保持獨特姿勢，有如音樂盒的娃娃般旋轉起身體。

「看來……由暗到光的『倒轉』……是趕上了。」

她喃喃講出酷酷的台詞，整個人轉呀轉轉呀轉——（超得意的樣子）。

目睹這一幕的我受到巨大衝擊，無法動彈。

「…………………唔。」

因為我要是稍微鬆懈，八成就會爆笑得內傷。

不……不行……別笑……我要忍耐……

為了守護敬愛的姊姊的心靈，我發誓無論看見什麼奇怪舉動都不會笑——

「呵，我明白……從今夜起，我就是神聖的存在，卻又無法從黑暗中逃離……」

「咳咳咳咳……！咳咳咳咳！」

不行不行不行不行！我撐到極限了啦……！

這已經好笑到鐵定會夢見的程度了！在學校回想起來也會笑出來啦！

當我勉強把肚子湧上的爆笑感轉換成咳嗽混過去時，神聖的存在轉身面向我——一隻腳還抬著沒放下來。

「——妳看見了吧？」

「咿——！」

想爆笑的衝動和恐懼同時來襲，連我自己都不知道自己的表情變成了什麼樣子。

「……瑠璃姊，浴室空出來了……不過妳……妳在做什麼啊？」

我膽怯地探究問題核心。

「……縫衣服啦。」

結果她的答覆充滿家庭味。一眼看去，姊姊愛用的縫紉台上，確實擺著白色的衣服。新縫製的服裝完成了——應該是這麼回事吧。

「……呃，那是新的cosplay服裝？」

「不對——」

姊姊將手背舉到下巴一帶，擺出高貴般的姿態如此說道：

「……這是具備誘惑男人魔力的——聖天使之衣喔。」

雖然聽不太懂，但我心裡只有行不通的預感。

這一晚，姊姊所進行的「黑暗儀式」。等我知道那真正的含意，是在之後過了幾天的事。

呃，從出狀況當天的「前一天」的插曲開始說，大概會比較好懂吧？

那天晚上，吃完晚飯以後，瑠璃姊模樣認真地這麼開啟話題：

「日向、珠希……我想找妳們做人生諮詢。」

「欸？」、「呼耶？」

長女的發言讓我們兩姊妹眨起眼睛。

「姊姊大人，人生諮詢是什麼？」

珠希端正姿勢問道。瑠璃姊猶疑了幾秒才說：

「……我是想問妳們當作參考……我做的菜中，妳們最喜歡哪一道？」

「包野澤菜的飯糰！」

珠希立刻活力十足地回答。幼稚園時期，珠希每天的便當都是由瑠璃姊來做，也許是因為

這樣，包野澤菜的飯糰就變成了珠希的最愛。當然我也非常喜歡。

「我好像比較喜歡昆布飯糰——為什麼要問這個？」

「沒有，呃……基於一些很深的原因，我要幫別人做便當……所以才問問看妳們兩個——我得到參考了，謝謝。」

「呼嗯。」

雖然我自己先說了那種答案——但如果是這樣，野澤菜飯糰和昆布飯糰並不算任何人都會愛的菜色吧？儘管我這樣想。

「既然是姊姊大人做的飯糰，所有人吃到都會高興！」

「……是這樣嗎？」

「是的！絕對沒有錯！」

「……這樣啊，有珠希保證的話，我就安心了。」

結果我講不出口。要是飯糰沒獲得好評，那就對不起囉，瑠璃姊。

「吶吶吶，順便問一下，妳帶便當是要和誰去什麼地方？」

「……呵……我要去約會。」

瑠璃姊說的可得意了。

「和桐乃姊姊？」

「錯了……為什麼我非要和那個女的去約會？」

真不坦率耶。

「那妳是跟誰去？」

「……跟……跟誰去都無所謂吧？」

瑠璃姊離開位子，彷彿表示話就說到這裡。

……照剛剛的感覺來看，滿像「要跟男朋友約會」耶。不過「高坂京介」是妄想中的存在，要拿這個當成捉弄瑠璃姊的梗，就算是我也還在猶豫。

——瑠璃姊，高坂京介這個人，根本就「不存在」喔？現在的妳正準備為了虛擬的男朋友做便當，然後打扮得漂漂亮亮去迎接空氣約會，可以說是超慘烈的女生耶？

這種話我怎麼講得出來啊！會一發不可收拾啦！

換成平常的我，明天肯定會去跟蹤瑠璃姊，但這次就精神上來說實在負擔太重了。

要是瑠璃姊等待的地方沒有任何人去……而她又對著沒有任何人的空間一會兒揮手，一會兒擺出笑容……

——咿咿咿！

光想像我就會哭。這樣很難保證不會用掉一輩子的眼淚。

接著到了隔天——「約會當天」的早上。

我嚇得比目睹「黑暗儀式」那時候還要人仰馬翻。

當我吃完疑似挪用自便當的早餐（野澤菜&昆布&鹹菜口味的飯糰及其他），躺在客廳，正寫著還剩很多很多的「暑假之友」作業本時，有個模樣誇張的可疑人物穿過了視線範圍。

「嗯？——咦！」

剛才那是什麼！我以為自己看到了幻覺，把作業甩到旁邊站起身。我拉開門來到走廊上，結果問題中的可疑人物並不是幻覺，就存在於那裡。

對方待在玄關，似乎正費盡心思想把一雙難穿的鞋子套到腳上。

「瑠……瑠璃姊……？」

是的——雖然我不願意承認，但那個穿著奇怪白色哥德蘿莉服的可疑人物，就是我姊姊不會錯。假如只有禮服華麗也就罷了，她還戴著詭異的面具，而且招搖到在背後裝上一對大大的天使翅膀。

穿白衣的可疑人物，對我發出的聲音起了反應，轉過身回答：

「……不……妳叫錯了——」

「——現在的我，已非妳那美麗的姊姊。是的，我新的真名就叫做——聖天使『神貓』。」
妳打算讓我笑到死掉嗎？
聖天使ｗｗ神貓ｗｗｗｗ。
天使的翅膀ｗｗｗ超ｗｗｗ大隻。
「咳咳咳咳咳咳！」
吐槽點太多，讓人不知道該怎麼辦。
我保持有如肚子挨中一拳的姿勢，呼吸嗆到好幾次。
然後，儘管我知道這不是應該對親姊姊說的話——
妳這白癡在講什麼啊？我這樣想。
「……所以呢，那模樣是怎麼回事？」
我慎重發問，貌似得意的答覆便拋了過來。
「這是聖天使之衣喔。」
就是妳之前縫的那一件嗎？
「我不是問那個。我在問妳穿那什麼聖天使之衣，打算去哪裡？」
我心想該不會吧，結果真的是那樣。

「當然是穿去約會啊。」

「絕對不要比較好！」

這已經不是男朋友「存在」或「不存在」的問題了。假如讓她穿著這種像要參加面具舞會的變態裝扮在千葉街上遊走，難保不會立刻被抓去輔導。不對，也許員警先生反而會動搖到不敢靠近她就是了。

總之，這並不是約會時可以穿去見男朋友的服裝，絕對不是。

然而聖天使大人似乎沒有聽進去我這些擔憂。

「……呵呵呵……身為人類的少女啊，妳在說些什麼？無須擔心。因為這是妳美麗的姊姊為了今天，才用盡心機設計出來的神聖衣裳。」

「不不不不不！沒有人會穿這樣去約會啦！」

我死纏不休沒有其他目的，就是為了幫姊姊保住形象，可是自我陶醉中的瑠璃姊根本不肯把我的話當一回事——

「至少想辦法處理一下那對翅膀吧！妳看！連出玄關都很辛苦喔！約會時絕對會礙事啦！妳現在就已經勾到牆壁了吧！對不對？對不對嘛？算我求妳，至少把翅膀拿掉——好不好？」

「……呵……身為人類的少女啊。我就答應妳的要求吧。儘管外觀上略遜一籌……我會去換上小翅膀。」

我能辦到的，只有讓特大號的天使翅膀變得收斂點。

……話說，原來還有其他預備的翅膀喔。

結果聖天使大人依舊一副奇特無比的德性，自信滿滿地出動去約會了。

「——呵，那麼我走了。」

「……隨妳高興啦。」

放棄一切的我，厭倦地將人送出門。

什麼神貓啊？反正我不管了喔。

不過……萬一姊姊真的是和男朋友去約會。

……要是她這樣還沒被甩，我覺得和她交往的那個人實在是神。

哎……那時候的我，根本沒把姊姊的話照字面上的意思接受——有相當長一段時間，我都以為「瑠璃姊喜歡的人」是只存在於她腦內的人物。

不過……原來事實並不是那樣。

「瑠璃姊的男朋友啊——————!!」

我在客廳的入口，和珠希一起站呆了。

眼前是個聽見我喊出聲音而嚇到的大哥哥，年紀差不多像高中生。

「咦咦？」

那天，瑠璃姊是說：「……呵……很可惜，妳們的程度沒辦法應付這場戰役……乖乖在外面玩到傍晚再回來吧。」她用了顯然很可疑的藉口把我們趕出去，而且似乎超用心地在打掃。

我還以為她是設定好要找腦內男友來家裡，所以沒特別想什麼就在中午前回來了……

「酷耶——！她真的有男朋友！」

在家裡等著我們回來的，是瑠璃姊在現實中交到的男朋友。

我嚇了一大跳，同時也覺得好高興。

因為——我最愛的姊姊，並不是電波到會跟腦內男友戀愛的可憐少女。

原來我最愛的姊姊，是會專情地和男生戀愛，然後鼓起勇氣告白，像這樣將幸福掌握到手中的厲害人物。

原來她是位值得尊敬的女性。再沒有這麼讓人高興的事了。

「哇呀～～！我就覺得她最近很可疑！之前說過：『……我接著要打一通重要的電話。從現在開始的一個小時內……要是接近我房間或是吵鬧的話……我就降下魔王的詛咒讓今天晚餐的一道菜消失在黑暗當中。』像今天還忽然說：『……呵……很可惜，妳們的程度沒辦法應付這場戰役……乖乖在外面玩到傍晚再回來吧。』難怪要這樣偷偷摸摸、鬼鬼祟祟的——」

瑠璃姊的男朋友——高坂京介。

這就是我初次見到高坂大哥時會那麼亢奮的理由。

我最先想到的有兩點，或者該說是對他的第一印象吧。

感謝你存在。

還有——

——奇怪，看起來不太帥氣耶？

「我長得不帥真是抱歉喔！」

高坂大哥爽快地對我吐槽。

「沒有，不是啦ｗｗ我並沒有說高坂大哥和平均男生比起來不帥、打扮土氣、長得不起眼啦。我沒那個意思。」

暑假中某一天，當瑠璃姊為了招待男朋友吃午飯，正在廚房裡搏鬥時，我一直和高坂大哥在客廳閒聊。

「單純是因為，瑠璃姊之前對你讚不絕口，我才會覺得期望落空啊。」

「……黑……黑貓她誇獎我？」

「嗯，因為聽她講的內容，會覺得『妳男朋友是什麼樣的王子啊！哪裡會有這麼完美的超人！』……所以感覺實在有一點，呃，落差嗎？」

這就是戀愛是盲目的啦。

聽到這些，高坂大哥心情又一舉變好，顯得滿不好意思。

「……這……這樣嗎。喔……」

被姊姊這麼放在心上，他似乎很高興。那副鬆弛的表情看起來真的好遜。

「我順……順便問一下，她是怎麼形容——」

鏗！

像是用湯杓敲在鐵鍋鍋底的聲音傳來。回頭看去，穿圍裙的瑠璃姊滿臉通紅，手裡正「鏗鏗鏗鏗！」地敲響鍋子趕到我們這裡。

「你……你們在聊什麼！」

「我是在說瑠璃姊有多喜歡高坂大哥。」

「～～～～！」

發顫發顫發顫——僵住的瑠璃姊像音叉般不停顫抖。

唔唷，雖然是自己姊姊，不過反應好可愛。還有比這更有趣的消遣嗎？

「妳……妳妳妳……妳這個……」

「『他長得帥，個性又溫柔……是個非常可靠的人喔。』」

鏗！

「好痛！」

「給我記住……妳……妳妳妳，妳給我記住……」

瑠璃姊擺出好比鬼女的臉瞪我。

「唔呀！」

真的覺得很恐怖的我，馬上黏到了高坂大哥背後。

「高坂大哥～瑠璃姊要欺負我～」

「唔……喂……！」

高坂大哥基本上是軟腳蝦，所以像這種時候只會嚇得反應不過來。我將身體貼著這樣的未來姊夫（會不會認定得太快？），朝他說悄悄話：

「讓我看你可靠的地方啊，快啦。」

「就算妳這麼說……」

高坂大哥真的很沒用。可是我不能浪費掉這個有趣的場面。

好。

我用美豔的銷魂嗓音，在高坂大哥耳朵旁細聲撒嬌說：

「好不好嘛，只要你伸出援手，我會親你一下啦～」

呵呵呵，連我都覺得自己是個蛇蠍般的惡女。剛才那招，就讓高坂大哥迷上我了吧？

如此我應該可以從高坂大哥和瑠璃姊雙方，誘發出更有趣的反應才對——

「停，妳這樣好噁心。」

「啥！」

慢著，他剛剛不是在掩飾害羞，而是自然又平平淡淡地把我拒絕掉了對吧！

「你太沒禮貌了！」

我一氣之下勒住高坂大哥的脖子，結果他沒用地發出「咕耶」的慘叫聲。

看著我們兩個，瑠璃姊態度遊刃有餘地說了一句：

「咯咯咯……那個男人的靈魂已經為我所有……像妳這種小朋友的誘惑，對他不可能管用吧？」

「……（小聲）明明罩杯和我一樣。」

鏗！

「好痛！妳敲我！妳是用全力吧？剛剛！」

「哼，很可惜……妳的情報過時了。在日前的身體檢查，我已更新位階……」

「對喔，妳之前曾經超拚命地找資料，還問B罩杯是從多少開始算起。」

鏗！鏗鏗！

「痛……！妳從剛才就一直鏗鏗鏗鏗敲人家頭！要是我變笨怎麼辦啊——唔！」

「誰叫妳要捏造毫無事實根據的內容。」

「我才沒有捏造！」

「妳有證據？」

「咕唔唔……」

……可惡～我想給這個平胸女高中生好看！

證據……物證……

當我正不甘心時，高坂大哥在一旁若無其事地說道：

「……這麼說來，之前她變成神貓的時候，胸部好像比較大。」

「…………！」

命中要害的一擊。瑠璃姊像觸電似地停住了。

「呃，高坂大哥……雖然我很高興你肯幫忙提出證據。可是，那種話不能講出來吧！你喜歡巨乳這一點讓瑠璃姊超介意的，明明就是因為這樣，她才會扯出什麼誘惑的魔力，在那件衣服上面縫胸墊耶！」

「咦？啊……那個，總覺得很抱歉……可是妳那些話，我覺得同樣不能講喔。」

「啊！不小心說溜嘴了，糟糕！」

等我猛然回頭後，以往曾是姊姊的生物佇立在那裡，渾身圍繞暗黑念波，不停地發笑。

「呵……呵呵呵呵……呵呵呵呵……」

「黑……黑貓……？」、「瑠璃姊……？」

「呵呵呵……哈哈哈……好吧，你們的意思我非常清楚了——想死對吧？」

那是狩獵者的眼神。

「呀啊————！」

我和高坂大哥，遭到化為闇貓而不是神貓的瑠璃姊襲擊。

炎熱又炎熱的午後，客廳裡冒出「磅」以及「匡啷」之類的嘈雜聲響。

在這樣熱鬧的喧嘩聲當中，珠希從廚房走來說出一句：

「鍋子燒開了，所以我先把火關掉囉。」

——這樣的新日常生活，短期間內便成形了。

高坂京介——高坂大哥。

瑠璃姊的意中人、學長、恩人——也是桐乃姊姊的哥哥。

最近常見面的，溫柔又像個好好先生的大哥。

雖然來往的時間不久，目前我對他的印象是那樣。感覺是個很好說話，而且大方的人。

我是不會怕生的類型，可是從怕生度ＭＡＸ的瑠璃姊或珠希都能夠和他正常講話這一點來看，我想高坂大哥是個縈繞著安心氣息的人。要是他聽我這麼說，也許會失望地吐槽說「喂喂喂」，但他感覺就不像個「男人」。

感覺他打從骨子裡具備著「大哥哥」的屬性。

儘管他的相貌沒有瑠璃姊誇讚的那麼帥，也不算聖人君子。

儘管我第一次見到面的印象是「好虛！」，這個要保密。

可是，那個人輕輕鬆鬆就融入我們家了。

不知不覺中，有他在已經變得像埋所當然。

他沒來的日子，甚至會讓我覺得有一點寂寞。

……人不可貌相，說不定那個人意外地受歡迎。

要是這樣，瑠璃姊以後就辛苦了……假如他是在無意識間施展出那種伎倆，當然也無法控制才對，所以他大有可能在什麼都沒想的情況下到處招惹女生。既然他好歹是要當我姊夫的人，這方面我希望他可以掌握住分寸。

哎，算啦……高坂大哥對我溫柔，還不至於出問題就是了！

咳咳。

我覺得瑠璃姊在認識高坂大哥、桐乃姊姊、帶圓眼鏡的御宅族女生之後，改變了。

當然她從以前就一直是疼我們的溫柔姊姊，不過在家以外的地方，她肯定不是那樣和別人相處才對。我不想具體談這些，也不打算特地拿來提，但我並不是沒有察覺到這些事。

對只是小孩的我來說，那也是沒辦法的事。

所以，我感謝著那些人。

——真心感謝。

所以，雖然瑠璃姊很排斥，我還是想和他們見面。不只高坂大哥，我也想直接見桐乃姊姊，和她說謝謝。

我是這麼想的。

瑠璃姊好像和高坂大哥分手了——

這件事，我是在港口燈塔舉辦煙火大會的那個晚上得知。

浴衣打扮的瑠璃姊，讓看得入迷的高坂大哥高興地說出：「好像竹取公主一樣。」

瑠璃姊無法坦率，可是被男朋友稱讚自己穿浴衣的模樣，她滿臉開心地害羞著。

我懷著幸福的心情，目送兩人恩愛地去參加煙火大會。

他們對彼此著迷得不能自拔，根本是無懈可擊的情侶。

因為在我看來就是那樣。因為即使是連初戀都還沒體驗的我，都能看得出他們的甜蜜。

然而——煙火大會結束，獨自回到家的瑠璃姊卻悄然低著頭，臉色彷彿隨時會死去。

到玄關接姊姊的我，吃驚地問道：

「怎……怎麼了？妳和高坂大哥……吵架了嗎？」

「什麼事都沒有。」

那是不帶感情，有如空殼般的嗓音。

「……這是禮物。妳們兩個要相親相愛地平分。」

「……」

瑠璃姊把面具、棉花糖、雞蛋糕等等交給我以後，就用幽靈般的腳步走進自己房裡了。

我覺得事情不尋常。因為和最喜歡的人去看煙火——不可能會變成那樣！我立刻走近姊姊的房間，悄悄地拉開紙門。

房間裡整片漆黑。微微打開的紙門縫隙透進光，讓縮在角落的瑠璃姊隱約浮現出身影。

「……瑠璃——」

想叫姊姊名字的我，嚥下一口氣。

因為瑠璃姊連漂亮的浴衣都沒脫，就縮在漆黑的房間裡——一直哭泣著。

「……咿……嗚……嗚……嗚耶……！啊啊啊啊……！」

那模樣實在讓人太不忍心。

比起平常的「儀式」，還要更加更加沉痛。

光是看著就覺得悲傷。

在那之後，瑠璃姊始終很消沉，令人無從伸出援手的狀態持續了一陣子。

在珠希說著「好乖好乖」地安慰她後，姊姊至少是恢復到可以行動了——但她似乎連故作精神都沒辦法。珠希和我也都在擔心，問過好幾次「怎麼了嗎？」、「高坂大哥呢？」可是瑠璃姊每次都搖著頭回答：「什麼事也沒有。」

也許爸爸是在擔心宛如失了魂的瑠璃姊，他帶全家人到溫泉街旅行——但瑠璃姊在那裡還是沒恢復精神。

有段時期曾經那麼注重打扮的她，當時卻穿著當成家居服的那套破舊運動服。

「……我去外面走走。」

說完她就離開旅館了。

「……傷腦筋。」

瑠璃姊會變成這樣，想得到的理由根本只有「她被高坂大哥討厭了」而已。我心裡唯有一個底——瑠璃姊要轉學。假如她瞞著男朋友這件事——那實在過分得即使被討厭也沒辦法。

不過，才這樣「一點小事」就會讓高坂大哥討厭她嗎？

再說那個人不是對瑠璃姊超著迷的嗎？

他不是豪邁到可以跟聖天使「神貓」大人約會的強者嗎？

也許這是我擅自抱持的期望啦。可是不管怎樣，我都無法想像那個好說話的大哥哥，會在一夜之間就變得討厭瑠璃姊。

所以——雖然這是我斷定的。不過絕對是瑠璃姊有錯吧？像平常一樣自作主張的姊姊，用電波性質的理由提出了分手——感覺頗有可能不是嗎？

假如是這樣，高坂大哥實在超可憐。那種電波女就算被捨棄，也怪不了別人。

想要他來拯救瑠璃姊，或許是一個太過任性的願望。

「可是……」

我在旅館的大廳嘀咕。

帶著鼻音，含淚的我吐露出真心話：

「你想點辦法啦，高坂大哥……！」

「叫我嗎？」

「嗯？」

我回神抬起頭，結果個性好說話又長得土氣的高中生——也就是高坂大哥——正在眼前。

他似乎剛從外面走進大廳。

「嗨，日向。」

高坂大哥瀟灑地舉起單手打招呼。

「喔……喔喔喔。」

怎……怎麼回事！還有，高坂大哥你是不是揹著瑠璃姊！

以為是幻覺的我，試著猛揉眼睛。

「這不是夢！也不是幻覺！真的是高坂大哥耶！」

「妳在講什麼啊？」

少用那種「妳白癡啊？」的眼神看我！

儘管我整個人都陷入混亂，還是先這樣問了他：

「為……為什麼你會在這裡！」

高坂大哥瞄了背後的瑠璃姊一眼，然後語氣和緩地說：

「那還用講，我是來看她的。」

「好……」

好酷！這個人是怎樣！

唔……連我也不禁心動了！

看來瑠璃姊似乎也有同感，她揪著高坂大哥的背，臉早就變得透紅了。

雖然我不知道她為什麼會癱軟，是接到愛的告白才昏倒的嗎？

唔呀！總……總覺得心情都亢奮起來了耶！

「我們之前稍微吵了一架……或者要說是意見相歧吧，這件事日向妳知道嗎？」

「唔…嗯……」

「對不起喔。不過，那些都已經解決了。」

「唔喔喔……」

高坂大哥太強了。居然可以在一瞬間，把我的煩惱全部收拾掉……

這時候，有個人從高坂大哥身邊出了聲：

「——你喔，那是什麼口氣啊？說得像全都靠自己解決的一樣……我是無所謂啦。」

「哈哈，抱歉。」

咦？我看了高坂大哥旁邊的女生一眼。

「啊啊！」

一不小心，我沒禮貌地用手指向人家。

那個人散發著強烈存在感，強烈到讓我疑惑：自己怎麼到剛才都沒有把她看進眼裡？

淡褐色頭髮，兩耳戴著耳環，符合現今流行的時尚打扮，外加修長有魅力的腿。

那個人漂亮又可愛得不得了——而且，我認識她。

「妳……妳是——」

「啊，初次見面。呃，我是——」

興奮過頭的我，在寒暄時打斷了那個超可愛女生的自我介紹。

「bitch小姐妳好！我……我超想見妳的！」

「……啥？」

bitch小姐頓時表情僵硬。

高坂大哥捂住臉，彷彿在說：「哎唷喂呀。」

而bitch小姐帶著臉皮抽搐的笑容，一邊也瞥向讓高坂大哥揹在身上的瑠璃姊。

「……吶，我問妳，這怎麼回事？亂教這個女生的，絕對是妳吧？」

「……呵……我不過是反覆灌輸她真相罷了。我告訴她，妳這個女人正是bitch中的bitch，堪稱bitch界的女王喔。」

bitch小姐無言地，用手肘頂向瑠璃姊的背。

「唔呼……桐……桐乃，妳居然這樣對待病人……」

「妳好好做介紹啦。」

「……我沒興致。」

瑠璃姊從以前就強烈反對讓我和bitch小姐見面，可是到現在我還是不懂為什麼。對方明明可愛得光是看著就會出神，而且只見一眼也看得出她個性很大方。

「瑠璃姊，我也想拜託妳。」

「……唉……知道了啦。呃——」

「喔，原來妳讓人家叫妳瑠璃姊啊～」

「吵死了。我不幫妳介紹囉。」

「抱歉抱歉。好啦，那麻煩妳了。」

瑠璃姊嘟著嘴唇，貌似不滿地瞪了bitch小姐。

……好驚訝。這個人真的是瑠璃姊的朋友耶。

要不然，個性怕生又陰沉的瑠璃姊，不可能會用這麼「親暱」的態度對待她。

「日向，我幫妳介紹。這個bitch叫高坂桐乃——」

「她是我的好朋友喔。」

……這樣啊。太好了……太好了……姊姊。

「請多指教。我是高坂桐乃。」

「我才要請妳多指教——我的名字叫五更日向。」

「原來妳是日向啊……唔呵呵。」

「？」

奇怪？總覺得剛才一瞬間，我背脊有股發涼的感覺。

「呃，我叫妳bitch小姐好嗎？」

「不好！咳咳咳，呃，那個……妳叫我『桐乃葛格』吧。」

「咦？為什麼是叫葛格？」

我偏過頭，於是高坂大哥無言地用手刀朝桐乃姊姊吐槽。

桐乃姊姊則是一副「哎呀出槌了」的態度，搔了搔後腦勺。

「嘿嘿，剛才是我講錯啦。」

她呼吸急促地豎起一根指頭說：

「那……那麼……嘿嘿……就叫我『桐乃大姊姊』吧。還有妳不用對我說敬語。」

「ＯＫ。重新麻煩妳多指教了——桐乃大姊姊。」

「……再……再說一次。」
「咦？桐乃大姊姊？」
「唔喔喔喔……好順耳。」
桐乃姊姊扶著兩頰，表情心神盪漾地顯得很害羞。
怎麼回事啊？總覺得她有點噁……呃，是錯覺吧？
「不……不行，她差不多到極限了……日向，拜託妳用普通的口氣叫這傢伙『桐乃姊姊』就好。總之聽我講的不會有錯。」
高坂大哥如此說。雖然我不懂他是什麼用意，可是沒來由的直覺正提醒著我，似乎還是照做比較好。
哎呀！這……這些不重要啦！
「那……那個！我一直在想，要是能遇到桐乃姊姊，絕對要向妳道謝……」
「跟我道謝？」
「是的！」
……總覺得好緊張喔。
低著頭的我下定決心，抬起臉來。
我盡可能慢條斯理地，向她表達自己的心意。

「桐乃姊姊，謝謝妳和姊姊當朋友。」

「…………」

桐乃姊姊睜大眼睛——她好像嚇到了。

高坂大哥露出十分燦爛的笑容。他背上的瑠璃姊慌慌張張地插嘴：

「等……等一下日向。」

不行不行。這些台詞是停不住的。我筆直望著桐乃姊姊的眼睛說：

「我姊姊在網聚那一天，很高興地說她交到了聊得來的朋友……所以，我想謝謝妳。」

我講出來了。瑠璃姊發著抖抱怨：「啊啊……笨蛋，笨蛋……」

好可愛喔。

桐乃姊姊把手擱在心臟的位置，像是要把我的話珍惜在胸口。

「——不客氣。妳根本不需要道謝喔，因為我和她是彼此彼此啊。」

她「磅」地輕鬆拍著瑠璃姊的肩膀，笑著露出了犬牙。

「再說要是沒有這傢伙，我的人生還會更無聊。」

「這樣啊……」

「……笨……笨蛋……妳不要講那種讓人害羞的話。」

瑠璃姊難為情地別過臉。

我在這個瞬間，變得好喜歡桐乃姊姊。雖然在初次見面以前我就喜歡她，可是我變得更加更加喜歡了。真想和她聊好多話。

我腦子裡滿滿都是這種想法。

「吶，對了日向，妳們住在這間旅館吧？」

「嗯，對啊。」

「那我也住下來好了。」

「真的嗎！」

「嗯。待……待會我們一起泡溫泉吧？和大姊姊一起泡吧？好不好？好不好？」

「好呀！啊，站著說話也不方便，快來我們房間！我想介紹家人給妳認識！」

「家人……對了，我記得妳是不是有妹妹？」

「有啊！講到她啊，由我自己來說也有點怪怪的，可是我妹妹超～可愛的！」

「是……是喔～（咕嚕♡）」

嗯？咕嚕？

當我和桐乃姊姊聊溫泉和珠希的話題聊得正起勁時——

高坂大哥和瑠璃姊不知道為什麼，都面無表情地流著冷汗。

之後，在溫泉——

「可愛的妹妹一次兩個！呼喔喔喔喔喔喔！糟糕糟糕糟糕糟糕！樂園來了來了來了——！」

「瑠璃姊！桐乃姊姊瘋掉了耶！這個人是怎麼了！」

「……咯……她終於掙脫理性的枷鎖了……『野獸化』，這就是高坂桐乃的本性……來吧，珠希，到我這邊。要是讓那隻野獸抓到，會被她吃掉喔。」

「……唔唔……嗚，那個人好可怕，姊姊大人……」

〈深夜中的女生對談〉

我的名字是高坂桐乃。運動全能、課業優秀、容貌端麗的妹妹。

提到這樣的我目前正在做什麼——

我待在溫泉的脫衣間，仰臥著休息。模樣則是一絲不掛，彷彿剛出生來到世上。兩手兩腳伸直攤平的我，正在讓電風扇的風療癒身心。

這副模樣實在不能讓熟人看見，但我在溫泉徹底泡昏頭了，所以希望當成沒有人看到。

「唔呵……唔呵呵……」

仰望著天花板，我回想起妹妹樂園。哎呀，意識差點飛走了。不妙不妙，要是現在失神，搞不好神智就回不來了……

沒錯——直到剛才，我都待在自己一直追求的桃花源。

成人遊戲的世界歡迎我造訪。

「——我的人生，沒有一絲遺憾……呵。」

「……妳讓我看見了在全方面都慘不忍睹的景象呢。」

「唔呀。」

忽然被人用冰冷的東西抵在臉上，我叫出聲音。想著怎麼回事的我扭過頭，才發現是黑貓穿著浴衣的樸素身影。

「……要是妳用這種模樣見人，對妳愛得再深都會醒。」

「重新讓對方迷上自己不就好了？」

「好好好。至少別吹風吹到著涼了。」

黑貓傻眼似地嘆了氣，然後遞來一罐冰涼的綠茶和浴巾。我撐起身體，將那些接到手裡。先用浴巾遮住光溜溜的身體後，我「啪喀」拉開拉環，咕嚕咕嚕咕嚕……

「呼，謝啦。」

「不客氣。妳稍微恢復過來了嗎？」

「還可以啦。我才想問，妳已經沒事囉？白天昏倒時鬧得很大耶。」

「也有請醫生幫我看過了，不要緊。」

「那就好——小珠和小日呢？」

「……逃走了啦。」

黑貓的表情頓時抽搐。我用食指的指甲撫摸上唇說：

「啊～我真是的，誰叫我要在小珠旁邊泡溫泉泡得暈頭轉向嘛。是不是那樣嚇到了呢？」

「……妳……沒有自覺……？珠希會逃掉，絕對是因為其他理由喔。」

「？」

「……我說啊……桐乃……妳願意和我的兩個妹妹增進感情，我是很感激……不過日向也就罷了，珠希會怕生，拜託妳對待她的方式再慎重些。」

「……好。」

我坦然地反省了。剛才的我確實是因為兩個妹妹太可愛，顯得「有一點」失控也說不定。

總算讓心情平靜下來的我，事到如今才開始介意起自己的德性。

「糟糕，我都沒有好好梳頭髮，要想辦法才行。」

當我急得手忙腳亂時，黑貓接著這麼說：

「日向也是，在看到妳的本性之後非常不敢領教。但即使把這一點算進去，她似乎還是很喜歡妳。」

「咦，真的假的？」

「真的啊。要是妳願意，之後來陪她們聊天吧。」

「呼喔喔喔，好耶！那妳先幫我和小日說，今天晚上我們一起睡覺吧！」

「……唉，妳一點都沒有反省。」

「有什麼關係嘛！好不好？好不好？」

我和京介，跟黑貓他們家是住在同一間旅館的不同房間，但分房間時應該可以打散到他們那邊睡才對。要不然……試著想想看嘛，說不定我會被京介那個妹控突襲吧？

面對我美妙的提議，「很遺憾的是，不行喔。」黑貓如此回答。

「因為她今天無論如何，似乎都要跟爸爸住同一間比較好。」

「戀父情結？」

「不是那樣……呃，這有點難以啟齒……不過這是我爸爸要求的。」

黑貓表示：「房間分法是在爸爸的強烈期許下決定好的」。

附帶一提，他決定的分法是——

房間①：桐乃、黑貓、珠希。

房間②：京介、黑貓的爸爸、黑貓的媽媽（外加日向）。

看來，京介今天只能度過尷尬到極點的一夜了。

「…………那傢伙不要緊吧？」

當天深夜，我在被窩中低語。

「……那句話，妳講第幾次了？」

躺在隔壁被窩的黑貓傳來回覆。珠希則是和黑貓睡同一床棉被，現在已經睡熟，去夢中的世界旅行了。

「誰叫你們要這樣……妳爸爸他們，對這次的事情知道多少？」

「應該全知道吧。因為剛才我將《命運紀錄》的〈創世篇〉與〈鳳凰篇〉交給爸爸了。」

「那樣大概什麼都沒有解釋到喔。」

雖然「我女兒的腦袋問題大了！」這一點應該傳達得很清楚。

感覺黑貓的爸爸看她在家裡消沉了好一段時間，然後縱使會有幾項誤解，肯定還是能推敲到原因出在京介身上……

假如這樣，京介現在不是應該正在被她爸爸痛扁嗎……

啊～～～～～～～～～真是夠了！感覺真討厭！那種畫面！

心裡放不下的我，又被黑貓用之前那種令人火大的表情笑著搭話：

「……呵……順帶一提，《命運紀錄》已經邁入第十三冊〈來世篇〉了。」

「所以我才說妳每件事都搞得太沉重了啦！妳眼光到底看多遠啊！」

「……我……我想像過要是今生沒辦法如願時……不小心就……」

「…………」

我記得她告白的台詞好像是——「就算是下輩子，我也會喜歡你」？

這傢伙來真的。在她身上的，不是邪氣眼或電波那種小家子氣的玩意……她的愛情比那些

更恐怖，我窺見的只是冰山一角。

那是直率而奉獻自我的戀愛，彷彿要將人生整個投注出去。

我自己能夠對戀愛拚命到這種程度嗎——焦躁、尊敬、擔心、感謝、恐懼、憤怒都交雜在一起，讓我的胸口鼓譟不已。

……不過，黑貓。

妳說或許戀愛不能修成正果……表示妳自己心裡也很清楚問題在哪裡吧？

「我說吶，可不可以讓我把舊帳翻出來重講一下？」

「怎樣？」

「這一次……妳啊，感覺還是很過分。」

「…………」

「做那些與其說是為了我，哎，雖然也是為妳自己啦……我懂妳的心情，也有超感謝妳的部分，哎，感謝是感謝啦……」

唔唔，我說不上來耶。每次都這樣，越重要的事情，我越沒辦法好好告訴對方。

「忽然被妳宣布要分手，人又忽然跑不見——妳就沒有想過對方會有多受傷？也許這次以結果來說完全沒問題，但妳講的『儀式』，只是擅作主張又毫無道理的廚二妄想吧？被廚二妄想拯救的我還是要說，妳這樣當然有可能失敗，假如失敗對方不是超可憐的嗎？」

「……對不起。」

糟糕，這傢伙好像快哭了。但事到如今，我沒辦法停下來。

「我才要說對不起。謝謝妳幫我。可是——別開玩笑了。」

我不能不說出來。明明我自己根本沒資格講別人。

最近我深刻體會到一點：

我的哥哥，才不是什麼無敵的超級英雄。

他就是個普通高中生，只做得到常人能辦到的事。

交到女朋友會高興，讓人甩了會消沉，被耍就會發火，心裡受了傷自然也會哭出來——和我一樣，他也是個人啊。個性好講話得不得了又愛管閒事的「哥哥」總是在逞強，他只是盡全力撐起胸膛，努力地在為我們付出而已。

以前的我，連這種簡單的事也不懂。根本連一點都不懂。而現在我大概也沒有徹底明白。

「……妳啊，試著在腦海裡回想喜歡的人的臉看看。」

「…………」

黑貓將眼睛閉了十秒以後，我一口斷定：

「那樣的人不存在喔。」

我終於也變得能夠承認了。

許久以前有人提醒過我，我卻無法承認，還逼自己相信對方消失了——

我過了很蠢的一段日子。不停在繞遠路，並且和對方擦身而過。

其實，他明明一直陪在我旁邊。

我不能讓眼前的這傢伙重蹈自己的覆轍。因為好朋友為我奮不顧身地做了蠢事，這就是我所能付出的回禮。

低喃的我像是在說給自己聽：

「所以，妳要將真正的他看仔細才行。」

不然，那個笨蛋馬上會一頭栽進最艱辛的路。那個笨蛋會說自己是無敵的，逞強地要妳把問題交給他，然後轟轟烈烈地跑去自爆。

像是這次，我看他也只會不甘心地氣自己一點用都沒有吧？

一點用都沒有的人——明明是我們兩個女生啊。

真不甘心……我真的很不甘心。在這次事情中，我根本不是個好妹妹、不是個好朋友。連那個人的腳底都不及。

……啊，糟糕。這種思考的方向不太妙——

在我如此自覺時，房間的紙門「唰」地拉開了。

「高坂大哥超酷的！」

是睡衣打扮的日向。她興奮得喘不過氣。

「瑠璃姊！桐姊！高……高坂大哥他啊，我本來還在想：『這傢伙超遜的，死一死吧。』**結果他超酷的**耶！那個人是怎樣！想讓我迷上他嗎！」

又　來　啦？

那傢伙……又搞出飛機了是嗎？

「……日……日向，妳太大聲了。妳以為現在幾點啊？」

「現在不……不是在意那些的時候啦！不妙耶！高坂大哥真的很不妙！」

我若無其事地，問了興奮得處在「呀呼」狀態下的日向：

「小日的爸爸和京介聊了什麼？」

「那個啊！聽我說聽我說喔！他們——」

「妳可以不用講出來，日向。」

黑貓斬釘截鐵地，制止了感覺想爆料想得受不了的日向。

「咦？為什麼？」、「啊？為什麼啦！」

「……因……因為，就算不聽妳說，我總覺得自己也知道那個人會講什麼話。」

話是這樣說……沒錯啦！但妳絕對只是怕聽了害羞而已吧！

「日向，那妳跟我說就好了。」

「嗯！他們啊——」

「日向，我說過妳可以不用講吧？」

「咦？可是可是～」

「——如果妳那麼喜歡紅蘿蔔和青椒，要我每天都餵妳吃嗎？」

「Oh……對不起，桐姊。」

胃袋被抓去當人質的日向，輕易地屈服了。可惡……！

「不過，感覺他們算談攏了吧？所以不用擔心也可以嗎？是不是？」

「聽了反而更擔心！妳那些頗有深意塞在句子裡面的問號是怎樣！」

「不……不要緊的啦！他們感情有變好！畢竟爸爸都單獨約高坂大哥去泡溫泉了啊！」

放過京介吧！他的生命值已經是零了！

假如我是男的，就算死也想迴避掉那樣的情境。再怎麼說也太慘了……

雖然那傢伙很丟臉，可是他絕對沒做出要被那樣對待的事嘛！

「瑠璃姊瑠璃姊，妳已經跟高坂大哥分手了對吧？那我代替妳和高坂大哥結婚好了！而且要是這樣，我就可以和桐乃姊姊變成真正的姊妹了♪」

「妳這小丫頭開什麼玩笑！想一輩子沒飯吃嗎！」

「哈啊啊啊啊啊！就算不那樣做，小日也早就是我的新娘了啦白～癡！」

「唔咿……對……對對對……對不起……我沒想到兩位會這麼生氣……」

用敬語的日向嚇得要命。

「那……那我要睡囉！」

她迅速逃走。

吵吵鬧鬧的闖入者跑掉，室內一片寂靜。

我瞥向黑貓，她用同樣的方式看著我。

火花「啪」地散開。

「哼……算啦，結論就是這樣。」

「……怎樣？有話想說，妳就說出來啊。」

「這次的事讓我知道了。現在的妳，根本沒資格交男朋友。」

「喔？」

「要是不甘心，就讓我看看妳能用什麼來反駁啊。」

「呵，正合我意。」

我和黑貓在被窩中，互相瞪著彼此。

〈我的妹妹就是這麼可愛〉

來聊妹妹的事吧。

這是在聊我的妹妹就是這麼可愛。

同時也是在聊我有多疼自己的妹妹。

該從哪開始說起呢？我想想……

換成我的好朋友，他應該會先舉普通的兄妹關係當例子，然後逐一和自己比較吧。

「如果是實際有妹妹的傢伙……」——感覺他會這樣幫話題開頭。

唉，在那之前，他或許還要用平常那種彆扭的口氣，炫耀起讓自己在意得不得了的妹妹也說不定。到最後再以一句「——我最討厭這樣的妹妹」來收尾。

不會錯。假如有本讓他當敘述者的第一人稱小說，那句話八成會變他的招牌。

算啦，高坂的事不重要。

我想講的是什麼呢？簡單來說就是，很不巧地我並無法像高坂那樣談自己的妹妹。

儘管那傢伙喜歡把「普通」這個詞加在任何東西前面。

普通的兄妹是什麼？

我覺得啊，就算拿那些讓人搞不太懂定義的「普通兄妹」來和我們兄妹比，也沒有意義。

因為我可愛的妹妹，世界上就只有一個。

而我和妹妹的關係，在世界上應該也是獨一無二的。

要是高坂在眼前，他肯定會擺出厭惡的臉色對我吐槽，但我就是這麼認為。

所以——開始來談我們這對和其他兄妹都不同的哥哥與妹妹吧。

開始來談我那可愛、世上絕無僅有、而且特別的妹妹吧。

……呃，在這之前……我好像還沒報上名字呢。

我是赤城浩平，赤城瀨菜的哥哥，世界上最幸福的人。

我有個小我兩歲的妹妹，超級可愛的。

她名叫瀨菜。全名是赤城瀨菜。

假如要用一句話來表現，她應該就是我的天使。

我沒有開玩笑，因為沒別的詞可以講了。

如果要用其他方式形容她……呃，我想到啦。

「才色兼備」這個詞也許很接近。當然就我而言，除了「天使」以外沒其他字眼能形容她就是了，但如果要做一些讓步、一些妥協來向別人介紹我妹，除了這以外沒別的表現方式。

對！我的妹妹赤城瀨菜，是才色兼備的美少女。

瀨菜戴著款式時髦的眼鏡，愛乾淨，總是一副嚴謹認真的模樣。她從生下來就適合做正式的打扮——比如幼稚園制服、七五三（註：慶祝小孩成長的日本傳統節日。男孩在三歲和五歲時慶祝，女孩則在五歲和七歲時慶祝。）的和服、國中制服。

妹妹的個性和外表一樣認真，據說在學校總是積極地處理班級幹部的事務。

當然她也很會念書，又懂得照顧人，在班上肯定備受歡迎才對。

妹妹的外表和聲音都完美得惹人憐愛。從以前我就一直認為「妹妹是我的天使」——然而她最近變得好有女人味，還逐漸具備連親哥哥也要心跳加速的美貌。視力並不差的她會開始戴眼鏡，說不定就是在替周遭著想，怕自己的燦爛素顏閃瞎大家的眼睛。

有這麼一個可愛的妹妹，我覺得自己是世界上最幸福的人。

可是最近，我這幸福的哥哥也有一點煩惱。

挑明講，就是瀨菜的模樣不太對勁。

該怎麼說呢……那個，希望各位聽的時候別認為是我在妄想。

總覺得，最近妹妹會用熱切的眼神盯著我。

不不不，我說真的！像昨天我在院子用足球練著控球玩時，忽然就察覺到，她隔著客廳的

窗戶猛盯著我看！

對，那時候——

繼續控球的我，一邊試著朝妹妹揮了揮手。

瀨菜卻嚇到似地睜大眼睛，把視線別開了。假如光這樣也沒什麼特別，和我們平常互動一樣。從幾年前開始，妹妹也邁入青春期。如今她對哥哥的態度就比較叛逆。我倒一直覺得，妹妹那種叛逆又尖銳的反應很可愛。因此這時要是試著追究說：「剛才妳幹嘛？」說不定能看見有趣的反應——抱著這種打算的我，便朝妹妹靠近。

我將控球的消遣打住，回到客廳後，妹妹還在那裡。

她坐在坐臥兩用椅上，讀著加書套的文庫本。

有如文學少女般的那副模樣，看起來實在像幅畫。

我從廚房冰箱拿出運動飲料，喝下一口，再回到客廳來，然後不以為意地開口：

「瀨菜，妳剛剛怎麼了？」

「咦？什麼？」

「我在院子控球的時候，妳有在看吧？」

「喔。沒什麼，我只是無意間看了一下而已。」

「呼嗯。」

不過，她肯在無意間看我，讓我感到有點高興。

瀨菜用沒什麼特別的語氣這麼說道：

「……哥哥你還滿有肌肉的耶。」

「還好啦，因為我有在社團鍛鍊。足球社。」

我從小學持續練足球到現在，對我來說雖然這並不算未來的夢想，卻也變成了應該會持續一輩子的重要嗜好。

「……我……我可以摸一下嗎？」

「好啊。」

為了回應妹妹的期待，我隆起肌肉將手臂伸給她。接著，瀨菜就用指頭輕輕碰了過來。

「哇，好硬喔。」

「這樣會癢啦。」

簡直像是小時候——青春期之前我們會有的互動。因為最近都沒有像這樣的肢體接觸，我有些感動。

「其他社員也有這麼多肌肉嗎？」

「雖然會有個人的差異，但要是和沒在運動的人比，我想他們算有肌肉喔。怎樣？瀨菜妳是在想讀高中以後，要參加什麼社團嗎？」

瀨菜似乎會考進和我相同的高中。

雖然說只有一年，能和她就讀相同高中，身為哥哥我非常高興。

從剛才算起，我盡是在重複高興這個字吶。

「我不是那個意思啦……唔呵呵。」

「？」

這時候的我，還沒有發覺妹妹露出淺笑的意思。

「沒……沒什麼喔。社……社團──我有想過要加入，可是我不擅長運動……如果要參加應該會選靜態的社團吧。」

「我記得妳是想當遊戲設計師對不對？」

「為……為什麼你會知道！」

「哈哈哈，只要是妹妹的事情，當哥哥的都會知道喔。」

我認為這是句耍帥的台詞，但不知為何瀨菜卻退避三舍說：

「……哥哥你好噁心。」

「咦！」

「你有看到我房間裡的程式設計專門書籍對吧？所以你才會知道我的志願吧？這些我都想得到喔。」

她噘起嘴唇，半瞇著眼睛看向我。

「沒有沒有，我不會隨便跑進妹妹房間啦。」

……只……只要沒有太嚴重的事就不會。

「不過抱歉，我有收過寄給妳的宅配，那時候，我不小心搞錯把東西打開了。」

而我當時看到包裹裡裝的，就是那方面的專門書籍。

「下次我會小心——……瀨菜？」

我的話之所以在中途停住，是因為話講到一半，妹妹的臉就瞬間發青了。

「真……真不敢相信！不要隨便打開我的東西啦！」

「對……對不起。」

……她……她居然會這麼生氣……哎，畢竟是這個年紀的女生嘛。

「真的對不起。是我不好。我會注意不再犯。」

我認真道了歉。唯有被瀨菜討厭，是我最想避免的狀況。

愛到深處無怨尤——這樣說或許有語病，但我們兄妹間是妹妹權力比較大。

我總是被妹妹騎在頭上——不過，我覺得這樣沒關係。

因為對我來說，能為妹妹做些什麼就是值得高興的。

接受賠罪的瀨菜，立刻就收斂了怒氣。

「既……既然這樣……就好。那個……我也要說對不起。剛剛有點講得太過分了……但拜託你真的要看清楚收件人喔？因為我也有東西……不想讓人看到，連家人也不行。」

「嗯，我懂了。」

我笑瞇瞇地點了頭。對於瀨菜說的「連給家人看都不想的宅配包裹」，當然讓人在意，但我打算努力忘掉。妹妹會討厭。要理由光這樣就夠了。

「回頭講社團的事吧，既然妳喜歡電玩，就去參加那一類的社團如何？」

「那一類的社團是指？」

「嗯……比如像……GAME研之類的。」

「你說GAY研？」

瀨菜猛然睜大眼睛，把臉湊過來。

「……怎麼了？妳這麼感興趣？」

「咳……什麼事也沒有喔！」

……她未免太刻意了。儘管我篤定她絕對在裝傻，還是先打消了追究的主意。

「那麼……GAY研，是在研究什麼？例如姿勢嗎？」

「呃……顧名思義，應該是研究GAME吧？大概。」

「咦？B……BL類的GAME嗎？」

「什麼?」

奇怪,總覺得我們兩邊講的好像湊不起來。

還有姿勢是什麼意思?ＢＬＧ?是什麼的簡稱?從哪冒出來的名詞啊?

瀨菜嘴裡一直反覆地唸著「ＧＡＹ夢?ＧＡＭＥ?」之類的詞,接著她嘴唇微閉,毫無預警地發出「唔呵呵呵呵……」的淒厲笑聲。

「……瀨……瀨菜?」

「哥哥!ＧＡＹ夢(註:日文中「ＧＡＹ夢」發音同「ＧＡＭＥ」。)這個字……聽起來真美好耶!」

妹妹帶著迷人的笑臉在說什麼,我……完全聽不懂。

赤城家是三層樓附庭院的獨棟平房,面積不算多大,外觀則是長方形,附樓頂可以上去。除了一樓以外每個房間都有陽台,我和瀨菜是用三樓房間。二樓是爸媽的空間,而一樓是所有家人聚集的地方——感覺大致如此。

那天,我在自己房間做著伸展運動以及簡單的肌肉訓練。我是看著前些時候流行過的健身影片,一邊看一邊做。伸展運動和等長收縮鍛鍊法——安排在流程裡的,都是不會讓樓下聽到聲音的項目,當我消化鍛鍊流程時,忽然感覺到視線。

「……？」

我對這一類的感覺，會盡可能信任。因為在足球比賽中要預判敵方傳球的方向時，我就會像這樣靠直覺來行動，而且也因此順利攔截過好幾次。

——有人從背後看著我？

我也感覺到，那和「單純在看人」不同。如果要比喻，那道視線帶有明確的意志，好比說「給這傢伙來一記衝撞吧」。有股彷彿正被肉食性野獸流著口水鎖定住的寒意。然而，不可能會有那種事。畢竟我自己確認過房間沒人——根本來說，我今天早上起床後，頂多只有離開房間去吃早餐，接下來可就一直待在房裡耶。雖然房間裡是有幾個地方可以躲，但根本沒那種空檔讓人跑進來……

我繼續鍛鍊著腹肌，一邊思考。

後頸部附近有刺痛感。那道視線讓人很不舒服，毛細孔彷彿都豎了起來。

我不禁發顫。

有小偷潛伏在這房間的某處——儘管以可能性來講大概是如此，可是直覺發出的駭人訊息宛如在警告：「你正被變態看著。」

……不行了。我在意得無法集中。

「呼！」

等流程告一段落，我才起身。都什麼節骨眼了，還不肯中止鍛鍊，像這樣一板一眼又不知變通的地方，或許就是我和瀨菜的共通點吧。

我順便做起手腕的伸展運動，同時也用若無其事的腳步，朝著感受到視線的方向接近。

先經過大尺寸的衣櫥，裝成要走到房間出口——

然後我迅速回身打開衣櫥。

磅！

「！」

呿！裡面居然真的有人——！我立刻伸出右手，逮住在衣服之間蠢動的黑影。於是下一個瞬間——

「…………瀨菜？」

我用全力掐著妹妹的胸部。

手感棒得有E罩杯以上。

「妳……妳在幹嘛？」

雖然這句話也可以拿來問我自己，但我正受到驚嚇，希望各位包涵。

「唔，嗚嗚嗚……」

躲在衣櫥裡的瀨菜睜圓眼睛僵住了。驚嚇過度的她似乎沒辦法掌握事態。經過大約一秒、兩秒、三秒，瀨菜別開視線，露出緊繃的笑容說：

「……我……我是在玩捉迷藏…吧？」

「哪有可能啊！」

我忍不住像高坂附身似地對她吐槽。由於我實在不能放著妹妹的奇怪行為不管，就想設法問出個所以然來，但瀨菜憤怒地朝我回嘴：

「哥…哥哥…哥哥你才是！你要揉我的胸部揉到什麼時候！」

「啊！抱歉！」

我不小心忘了！

「你不要在道歉時又多揉一下！」

啪！

我被打了耳光……

我被妹妹打了耳光！

「感激不盡！感激不盡！」

「為什麼我會被自己打的對象說謝謝！」

「嗯，這有兩個理由——」

「你還是不用說了！哥你好噁！」

我受到藏身於衣櫥中的妹妹全力吐槽。

這什麼狀況啊？

我滿足地咕噥：

「明天到學校跟高坂炫耀吧。」

「……『我啊，昨天被妹妹賞耳光了耶。』你想這樣炫耀？」

「嗯，那傢伙也有妹妹，所以我想他肯定會羨慕。」

「我明白了，那個人也有病對吧？」

不知為何，瀨菜卻對高坂表示憐憫。看來我在他們兩個還沒見過面的情況下，就讓瀨菜對高坂的好感度大幅跌落了。

算啦，無所謂。

瀨菜發出「啲咻」一聲，嬌憐地鑽出自己置身的衣櫥，然後拍了拍衣服上的灰塵，用平時對我訓話的口氣這麼說道：

「哼，這次我就原諒你。掰啦！」

「妳等一下。」

我揪住打算若無其事地離開的妹妹肩膀，要她止步。

「怎樣？」

「瀨菜，妳是想用對我使勁發火的方式，把躲在衣櫥這件事蒙混過去對吧？」

「…………………」

被我說中了。流著冷汗令鏡框不停發顫的瀨菜也好可愛。

「唉」地嘆出一聲之後，我開始說教：

「剛才是我有錯，但妳躲在別人房間的衣櫥裡也一樣不對吧？這樣很像腦袋有問題的人是吧？」

「……唔……嗯。」

瀨菜洩氣地低下頭。她是正經的女生，所以只要糾正就會乖乖聽話。

「……對不起喔，哥哥。」

「嗯，我原諒妳。」

像是在對小朋友說「好乖好乖」，我輕輕摸起妹妹的頭。瀨菜紅著臉把頭轉過去。

「真……真是的！不要把我當小孩啦！」

「哈哈哈，抱歉抱歉。」

我們就此和好。總之事情可喜可賀地告了一個段落。

「我會在意妳為什麼跑進我房間的衣櫥，但如果妳不想說我就不問了。」

話雖如此，怎麼辦？都這樣把人找出來了，要跟她說「歡迎再次蒞臨」也好像不太對勁。

「那麼……我到外面一下。」

總之先由我離開房間吧。我舉起單手示意，準備從房間出去，但這時妹妹卻把我叫住了。

「等……等等。」

「嗯？」

「那個……關於我做這種事的理由。」

「嗯。」

難道說，她有意願告訴我了？

「……呃，你不會笑我吧？」

「我不笑妳。」

我立刻回答。

「要是妳不想被別人笑，我就不笑，絕對不笑。」

「…………………」

瀨菜盯著我的眼睛望了一陣子——

而後，她像是下定決心似地開口說：

「我最近……在練習畫插圖……呃，所以就……你……你看這個！」

瀨菜遞過來的，是一本小巧的素描本。

上面畫著一名男性（大概是我）在鍛鍊中的插圖。

我不是很懂畫畫，但她畫技應該挺不錯。

「瀨菜，這個是……」

「……那是我拿哥哥當模特兒畫的。」

咦？意思是說……

「為了畫這個，妳才躲起來？」

「……嗯。」

因為她叫我不要笑，我還做了相當程度的覺悟。

我發自內心的感覺是，白緊張一場。

「什麼嘛。這種事情妳從一開始明說就好啦。講清楚的話，只不過是當個模特兒而已，我很樂意幫忙啦。」

「真的嗎？哥哥你願意……為我的藝術品當模特兒？」

「是啊！」

「謝謝哥哥！我最喜歡你了！」

撲！

唔喔喔喔喔喔喔喔喔喔喔喔喔喔喔喔喔喔喔喔喔喔喔喔喔喔喔喔喔喔喔喔喔喔喔喔

喔喔喔喔喔喔喔喔喔喔喔喔喔喔喔喔喔喔喔喔喔喔喔喔喔喔喔喔喔喔喔喔喔喔喔喔喔
喔喔喔喔喔喔喔喔喔喔喔喔喔喔喔喔喔喔喔喔喔喔喔喔喔喔喔喔喔喔喔喔喔喔喔喔喔
喔喔喔喔喔喔喔喔喔喔喔喔喔喔喔喔喔喔喔喔喔喔喔喔喔喔喔喔喔喔喔喔喔喔喔喔喔
喔喔喔喔喔喔喔喔喔喔喔喔喔喔喔喔喔喔喔喔喔喔喔喔喔喔喔喔喔喔喔喔喔喔！啊啊
啊啊啊啊啊啊啊啊啊啊啊啊啊啊啊啊啊啊啊啊啊啊啊啊啊啊啊啊啊啊啊啊啊啊啊啊啊
啊啊啊啊啊啊啊啊啊啊啊啊啊啊啊啊啊啊啊啊啊啊啊啊啊啊啊啊啊啊啊啊啊啊啊啊！

瀨菜她——居然將我抱個滿懷！站在人生的幸福巔峰，我拚命將瀨菜對我說的那句台詞：

「哥哥！我最喜歡你了！」刻進腦內的記憶體。

呃，不過，沒想到她會這麼開心——

瀨菜乾脆地離開我身邊，態度好比「獎勵到此結束囉」，然後又說：

「哥哥……我還畫了另外幾張……那些你也願意看嗎？」

「喔？我要看我要看。有幾張我都願意看。」

「來，這些拿去。」

妹妹拿給我看的，是一個超像我的角色正被光頭肌肉男壓在身上的插圖。

「這是什麼啊啊啊啊啊啊啊啊啊啊啊啊啊啊啊啊啊啊啊啊！」

「我畫的藝術品呀！哥哥！」

「…………………！」

被瀨菜用美妙的笑容這麼一說——額頭冒汗的我只能保持緘默。

幾秒前還能感受到的愉悅，全都灰飛煙滅了。

瀨菜興奮得面泛紅潮。她眼睛發亮、呼吸急促地朝我開口：

「好棒！沒想到哥哥也是男同性戀肯定派！早知道的話我也不用煩惱，從一開始找哥哥商量就好了啊！」

「我……我並沒有……」

糟了，我如此認為。話題正確實地往嚴重的方向在發展……

「之前對不起喔！呃，就是我罵說——你怎麼亂打開我的包裹那一次！當時我是擔心——假如用郵購訂的『資料』被哥哥看見怎麼辦，才會忍不住像那樣發脾氣！但以後我就可以放心了！因為想要男同性戀的資料時，我有哥哥可以依靠嘛！」

「瀨菜妳冷靜一點！慢著，慢著慢著慢著——妳先暫停一下！」

「首先就從我無法得手的重度愛好者商品——咦，怎麼了？」

像機關槍一樣接連講個沒完的瀨菜，終於暫時停住了。

待在宛如時間停止的寂靜中……我拚死命地試著整合零碎的資訊。

縱使我已經整理出初步的假設，但這終究沒辦法讓我相信。

無計可施的我問了當事人：

「瀨菜……呃……我說……那個啊。剛才妳講的那一連串……是……是怎麼回事？」

「什麼怎麼回事？」

啊，兩邊對話果然湊不起來。我妹妹偶爾會有這種狀況。應該說，她打定主意就會一股勁地猛衝吧。雖然她這一點也很讓人憐愛……但現在不是講這些的時候。我坦然問道：

「妳喜歡男同性戀？」

「嗯！」

她回了特大號的答覆。

「這樣啊……」

我將眼光望向遠方。

「妳說的藝術品，是指感覺很ＧＡＹ的那些圖？」

「當然啦！」

連我都覺得自己問的方式莫名其妙，即使如此，拋來的仍是肯定答覆。

現在我已經不能不承認了吧？

我的妹妹超——變態。

可是……不過……那又如何？原來瀨菜是喜歡男同性戀的變態——所以呢？

就算這樣，又有什麼會改變嗎？不，不不不，鐵定不會！

無論妹妹具有什麼嗜好——我絕不會瞧不起她！

哪怕發生任何狀況，對我來說瀨菜都是可愛的妹妹，也是重要的家人。

這麼一點驚奇，才不會動搖我的信念。

「…………好。」

沒有人了解我懷有這般的糾結與崇高決心，然而這之間的沉默，似乎必然會讓瀨菜不安。

表情頹喪的她，朝我怯生生地問道：

「呃……像這種嗜好，果然……很奇怪嗎？」

「不會！沒那種事！」

「真的嗎！那哥哥你願意當同性戀囉！」

「我絕對不要！」

「你到底當不當！不要隨便敷衍我啦！」

「為什麼妳要罵我啊！」

為什麼妳解讀的方式要那麼極端啦！

咳。為了切換話題，我在咳嗽後又說：

「瀨菜……妳冷靜聽我說。我啊，呃，並不是男同性戀肯定派。我是圈外人。」

「…………」

妳不要露出快哭的臉啦！唔……糟糕，被迫看到妹妹這種表情……我就算扯謊說自己是男同性戀也無所謂了不是嗎？倒不如說，我反而有幹勁當個男同性戀了……！這樣不行……不行不行……唔。冷靜下來，赤城浩平……！

「老實說，現在的我沒辦法理解那種嗜好。可是，我不會覺得奇怪，也絕對不會笑妳。」

「……這樣啊。」

看樣子，瀨菜總算確切地明白狀況了。點頭好幾次以後，她說：

「對不起喔，哥哥。你嚇了一跳吧？」

「唔……嗯……」

「我啊，從以前就老是像這樣出糗對吧？我很容易得意忘形，一下子變得興奮過頭——在外面我會管好自己絕對不要這樣，因此最近還以為已經改掉這種毛病了……結果根本沒有。」

「沒關係啦。再說我覺得能放手享受一件事情的樂趣，也是瀨菜的優點。而且妳在我面前沒辦法管好自己，也表示我就是讓妳那麼放心對吧？」

剛才這番話是出自我的真心，而不是說來安慰瀨菜的表面話。

她害羞似地「呵呵」笑著，像個孩子。

「哥哥好會替人打氣喔。你應該很受歡迎吧？」

「誰叫我是妳哥。面對其他人，我話不會講得這麼順啦。」

「你……你白癡啊？」

瀨菜不知為何變得不高興，斜眼嘟起嘴朝我瞪了過來。

難道我講錯什麼話了嗎？

「話……話說……你真的沒有交往的對象嗎？」

「就說沒有啦。」

雖然不是沒有人跟我告白過。

「是……是喔。」

總覺得瀨菜看起來似乎放心了，這算我自我意識過剩嗎？

接著她又噘起嘴，抱怨似地說：

「真奇怪。哥哥周圍的女生實在很沒眼光耶。」

「哎呀哎呀。意思是說，如果妳不是我妹而是同班同學的話，或許就會喜歡我囉？」

「哪有可能啊？少得意忘形了。」

「抱歉。」

「……為什麼我一罵你，你就會滿臉開心地道歉？」

因為開心啊。雖然我不會講。

「哈哈。哎，回到剛剛的話題吧。我目前沒有和女生交往的意思。和男的混在一起或者踢足球還比較有趣……這樣會孩子氣嗎？」

我帶著自嘲問了以後，溫柔回答「不會啊」的瀨菜便否定說：

「很像男同性戀！」

「再怎麼說，妳會不會拗得太勉強了！」

「不不不，我看哥哥果然還是有當男同性戀的素質。」

「就算妳一臉正經地這樣講……」

雖然我已經下定決心，絕不會認為她奇怪……但自己妹妹喜歡男同性戀還是挺難受的。

不過，聽到瀨菜接著說出口的話，我那些埋怨全都不見了。

「呃……說這種話也許會讓哥哥困擾……但能讓你了解這一點，果然太好了。因為我從很久以前……就一直在煩惱。」

既然如此，要我聽妹妹搬出男同性戀的話題，只是小事一件。

喜歡男同性戀，而且將與我的人生出現密切關聯的女生──「腐女」──瀨菜教會我這個字的意思，是在這之後沒多久的事。

「──好啦，開場感覺就像這樣。」

我輕輕發出嘆息，將妹妹找我表白祕密的話題做了總結。

時間是九月，在放學回家的路上。

我自信滿滿地，朝著走在旁邊的高坂說道：

「怎樣？我妹很可愛吧？」

「唔……喂，難道你……剛剛講的那些，該不會就是在跟我炫耀吧？」

高坂冒著冷汗，一副想問「沒這種蠢事吧？」的表情。

這傢伙是高坂京介，三年來和我同班的朋友。要說是死黨也可以。

基本上他是個隨時都顯得懶散的傢伙，個性好說話又有愛管閒事的部分。

還有——他對有關女生的事情格外遲鈍。

高坂最近似乎被交往沒多久的女朋友甩了，新學期剛開始就一臉消沉樣，（雖然是他活該）還蒙受劈腿輕浮男的嫌疑，被班上欺負他的女生要求說：「下跪啦，人渣。」更慘的是就連田村都冷落他，因此我今天才會久違地陪高坂回家，並且出口安慰——眼前的狀況就這樣。

儘管不知不覺中變成我在炫耀瀨菜的事，但「妹妹的話題」算是最近很容易跟高坂聊得熱絡的主題。

聽了我可愛妹妹的事情，高坂肯定也會打起精神才對。

「一開始我就聲明過了吧，要來聊『我的妹妹就是這麼可愛』。不然你以為我要說什麼？」

「……但我原本以為你是要抱怨『喜歡男同性戀的妹妹太變態，讓人活得很辛苦』。」

「哪的話？雖然確實有許多辛勞，可是我每天都很幸福耶。我打從心裡覺得，瀨菜是自己的妹妹實在太好了。」

「……我不知道要怎麼判斷。該稱讚你是個好哥哥？還是該點醒你這個被虐狂，叫你快點恢復理智？」

「不管怎樣，高坂，你沒資格講別人。鑒於我從你或田村那邊所聽過的妹妹相關插曲——你在全方面都凌駕於我之上。乾脆直說吧——高坂，你這樣很不妙。」

「只有你沒資格講我！」

這男人總是能在完美的時機吐槽。

但他這次就是沒有切中要害。

「在哪個世界，會有受妹妹拜託去買成人遊戲的哥哥啊？」

「你還不是買了同性戀遊戲！妹妹拜託你就去買了！而且那之後，你還在成人商店猶豫要不要買跟妹妹長得一模一樣的人偶吧！你才變態！」

「我沒有猶豫！我只買了型錄而已，沒其他用意！」

對於我的辯解，高坂擺出「啊？你這白癡想騙誰？」的臉色，所以我立刻轉換話題反擊。

「再說高坂……聽到你是因為妹妹會排斥，才沒辦法和女朋友重修舊好的那番說詞，就算是我，也曾懷疑過你的神智喔？」

「唔……呃……其……其中有些一言難盡的因素和糾結……就這樣啦。」

「哼。」

關於那部分，坦白講我也不是不懂。無論是多可愛、多想捧在手心上呵護的妹妹，遲早都會離開身邊。如果表明不希望她離開——那自己說出口的無理要求，也將會原封不動地降臨在自己身上。哪怕細節不是完全一樣，懷有類似煩惱的人八成非常多吧？

不過要讓我來講，那應該是老早以前就該經歷過的煩惱，同時也是應該花下大把時間逐步尋找妥協點的問題，為什麼這對兄妹事到如今才開始在頭痛？我心裡也有這種感受。

對了，記得以前和這傢伙一起去成人百貨時，我們也聊過妹妹的事。

雖然我記不太清楚，不過簡要而言，我們談到的內容似乎是：「對自己而言妹妹是什麼，實在搞不懂。」

「高坂，你的狀況，是和妹妹感情一直都不好——然後到最近才突然有改變的吧？」

「呃……嗯……那又怎樣？」

「難怪嘛。」

急速變化的人際關係沒有徹底處理好。而且，眼前居然還把包括女朋友在內的三角關係加

到裡面，當然會雞飛狗跳。問題一度爆發開來——如今他們則是拚了命地想要去修復……狀況大概就是這樣。

「哎，加油吧。」

「喔，我會加油。」

從彆扭鬼那裡傳來了坦率的答覆。他肯定會設法解決吧——口氣可靠得足以這麼相信吶。這傢伙於好於壞都是個普通的男人，他絕不是什麼超人。然而正因為如此，這傢伙才能像常人般煩惱，然後一步一步地往前邁進。

身為一起度過學生生活的死黨，我是這麼想。

……哎呀，不小心講出令人害羞的話了。

那麼，由於安了心，就把話題帶回去吧。要帶回哪個話題，當然是我的妹妹很可愛這件事上面。

「為了替扛起各種辛勞的你打氣，就講更多我妹的事讓你聽吧。」

「……說了那麼多，你還有別的事可以講啊？」

「當然。畢竟我妹妹是世界上『最』可愛的嘛。」

我挺起胸回答，結果高坂的額頭不知為何冒出了青筋。

「你說……世界上『最』可愛？」

「對啊。所以我根本無法理解那些喜歡『妹系成人遊戲』的傢伙在想些什麼。因為要是和瀨菜一比，其他妹妹全都跟白蘿蔔差不多。」

「啥？你講什麼！」

「……喂，你幹嘛突然發飆？」

「啊？我又沒有發飆！」

不對，你完全在發飆吧？這是哪裡來的不良少年啊？我用訝異的目光看著對方，於是滿臉不爽的高坂又重複強調他「沒有發飆」，然後音調低沉地如此接著說：

「我只是覺得，你的發言有點不正確而已啦。」

「……你說什麼？」

這傢伙是怎樣？難道他覺得自己的妹妹遭到貶低，結果就發飆了？

……受不了，真是個小題大作的傢伙耶～哎，同樣是當哥哥的，我也不是不懂他壞了心情的感受。但假如他不能更冷靜地反駁，簡直像是被人戳中痛處就抓狂嘛。

身為哥哥，無論何時都要保持真摯。我如此認為。

高坂開口了：

「要說的話，我妹妹比你妹妹可愛更多啦。」

「吼唔喔喔喔喔喔喔喔喔喔喔喔喔哇啊啊啊啊啊啊啊啊啊啊啊啊啊啊啊啊啊啊啊啊啊啊啊啊

啊啊啊啊啊啊啊啊啊啊啊啊啊啊啊啊啊啊啊啊啊啊啊啊啊啊啊阿阿阿阿阿阿阿阿！」

「唔喔喔喔喔喔喔喔，別突然撲過來！你用咬的攻擊非常不妙不妙不妙！」

「吼嚕嚕嚕……！」

「拜託你講人話！」

「吼嚕嚕嚕嚕……！高坂——你說了不該說的話。我要把相同台詞直接還給你——假如要比，我妹妹比你妹妹可愛更多啦。」

「啊？噗，不可能。」

原本懾於我氣勢的高坂，眼中又燃起怒火。

「我妹妹比你妹妹可愛一百倍！」

「錯！瀨菜比較可愛！」

「啥啊啊！」

我們兩個在極近距離下互瞪。

「咯咯咯……高坂……！既然你講得這麼肯定，來決鬥吧……！」

「呵呵……好，你有種！用哪種方式？」

「這還用說——」

隔天，在下課時間的教室，我和高坂的決鬥揭幕了。

「由我先攻！我的回合！瀨菜的七五三照片！」

啪！我將祕藏的妹妹照片砸向桌面！

高坂彷彿肉體直接受到傷害，擺出了防禦態勢後退。

「唔……！」

「呼哈哈哈哈哈哈怎——麼樣！可愛吧？世界第一可愛吧？」

「你想得美……我的回合！有桐乃登在上面的時裝雜誌！」

啪啪！

「咕哇……！」

我聲勢浩大地彈到後方。

「呵……對你也用不著隱瞞，我妹在當模特兒啦。這表示群眾也都認同她可愛。妳的妹妹在社會上有這種評價嗎？咯咯咯……沒有吧？——赤城，看來是我贏了！」

居……居然敢得意……！

「哼，外人的評價根本無關緊要。我堅信瀨菜就是世界上最棒最可愛的妹妹！這場決鬥，我拚的是能不能讓你承認這一點！」

簡單說，我們要互相亮出自己妹妹「最棒最可愛的一面」，不論媒介——而決鬥會持續到其中一方認輸為止，就是這麼回事。

磅！我當場砸下更多的妹妹珍藏照。

「瀨菜不戴眼鏡的長髮照！」

「呵，那種底牌怎麼可能對我管用！」

「大意了吧？高坂！我要掀開蓋在場上的照片，陷阱牌發動！」

匡匡匡！

伴隨著腦內響起的劇烈音效，我現出祕藏的特級稀有照！

「接我這招，高坂！今年夏天剛拍的，瀨菜比基尼照！」

「咕哇啊啊啊啊啊啊啊啊啊啊啊啊啊啊！」

高坂發出亡命哀嚎般的叫聲，身體也隨著痙攣——

「……呼。」

然後他若無其事地把瀨菜的比基尼照收進胸前口袋。

「你少給我把東西摸走！」

我豁足了勁，用在足球社練出的腿力賞他一腳。

「好痛！說過不準直接開扁吧！」

「誰叫你對我的寶物出手！」

「話說赤城，這根本是偷拍的嘛！瀨菜被拍的時候明顯沒有察覺到吧！」

「假如用正常方式拜託瀨菜讓我照，她會披上外衣吧！我想拍的是妹妹的胸部啦！」

「你這種哥哥簡直差勁透頂！但是幹得好！」

「好好感謝我吧，其實我本來不想讓任何人看這東西——好啦！這樣你可以認了吧？瀨菜比你妹更可愛！」

「不。可是剛才的照片的確很棒。看來也是我拿出寶物的時候了。」

「什麼……？」

「好啦，儘管顫抖吧！」

連公開放話說自己最討厭妹妹的高坂，都肯斷言是寶物的貨色……？

磅！高坂當場砸下的，又是一本時裝雜誌——

「這……這是……」

「夏天的泳裝特輯！妹妹的比基尼寫真，這種東西我當然也有！」

高坂亮出的寫真，是他妹妹和另一名黑髮美少女同時上鏡頭的泳裝照。

正因為出於職業攝影師之手，拍得實在很棒，而兩名模特兒也有意識到自己正在被拍，照出來的自然是完美的笑容與姿勢。

要比照片呈現的效果，我的偷拍照根本不是對手。

「——唔！咦……？喂…高坂……」

「怎麼了？」

「照片旁邊的黑髮女生，是不是超可愛啊？」

「**對吧！**不愧是赤城！真夠內行！」

高坂顯得非常同意。

「這個女生叫綾瀨。除去桐乃不講的話，她大概算世界上最棒的美少女。」

他居然還規規矩矩地把妹妹除外……！這傢伙真的討厭自己妹妹嗎！其實他超喜歡妹妹的吧？算了，由我來看，我也根本不覺得瀨菜有輸給這個叫綾瀨的女生就是了。雖然不覺得……

「綾瀨嗎……好想跟她結婚。」

「我也是我也是。」

「這本雜誌可不可以給我？」

「絕對不行。都說過這是寶物了吧？」

「嗚嗚……這樣啊。不知道亞馬遜有沒有舊刊……」

「你可以直接去出版社的網站訂貨。」

「真的假的?謝啦。」

我們熱絡得將決鬥忘了一陣子。

隨後高坂和我才不約而同地猛然回過神。

「——怎樣,赤城?你認輸嗎?」

「不不不,我不可能認輸吧?像她這種面對外人的笑容,不會震撼我的心。倒不如說,高坂啊,你從剛才就怎麼搞的?拿給我看的居然全是雜誌寫真。明明是家人,你連一張妹妹的照片都沒有嗎?既然要用笑容的照片決勝負,你應該把『妹妹對著哥哥露出笑臉的照片』拿來瞧瞧吧?」

「唔……」

畏縮的高坂表情滿是苦澀。對吧?和妹妹感情不好的你,怎麼可能會有那樣的照片?接下來一直都是我的回合,我要一口氣向你展開追擊!

「瀨菜幼稚園版!」

「瀨菜第一次幫家裡跑腿的錄影!」

「瀨菜第一次挑戰綁馬尾時的照片!」

——以下略——

「呼…呼…如何……你認輸嗎……高坂……？」

「不——還早得很。雖然馬尾的感覺很不賴。」

我和他的決鬥，變成了一場陷入膠著的死鬥。彼此防禦力都太高，實在很難定勝負。我和高坂都不打算收回自己的妹妹才是世界最可愛的主張。

到最後——

「……可惡，分不出勝負……」

「……你快給我死心……」

隔著桌子，我們兩個同時擦起汗。

就在這時，田村朝我們開口了。

「小京、赤城，接下來要換教室上課囉？」

田村麻奈實，和眼鏡十分速配的同班同學，而且她還是高坂的童年玩伴。

「好…我知道了……可是，比賽還沒結束。」

「趁這時候，讓田村來當裁判你覺得怎樣？」

「也……也對喔。好，我說麻奈實啊——妳有看到我們剛才的互動吧？妳覺得哪邊贏？」

「我覺得你們兩邊都很讓人不舒服喔～啊，我先走了。」

喀啦喀啦——磅。

田村用和藹的語氣拋下這麼一句，離開了。

「……喂，高坂。你快點和田村和好啦。」

「……雖然我覺得我和她也不算在吵架……」

結果，輸贏只好延到放學後再做了斷。

放學後。我們決定先補充彈藥（妹妹的照片），然後再一決高下做個了斷。

決戰場地就是我家。

我收在房間的瀨菜相簿當中，有大量的超強力稀有底牌沉睡著。

——沒道理會輸。

我如此確信。

而另一方面，高坂似乎也格外有自信。

這是我們在移動到決戰場地半路上的對話。

「喂，高坂。你不需要先回家一趟嗎？」

你不回家補充彈藥行嗎？這是我問的用意，但高坂搖搖頭。

「不用，再說就算回到家，我也不知道擺了那傢伙照片的相簿收在哪裡。」

「喂喂喂，你沒彈藥打算怎麼辦？」

「哎，等著吧，我現在就傳簡訊給我妹。」

我偷瞄了打簡訊的高坂手邊，於是手機螢幕上顯示著這樣的文字：

「我正在跟朋友比看誰的妹妹才是世界上第一可愛，立刻把妳的可愛照片傳過來。」

嗶，簡訊寄出。

一分鐘以後——

「喔，簡訊回來囉。」

高坂的妹妹傳了這樣的回覆過來：

「去死啦有夠噁的！」

「…………」

「……高坂，你妹真的很討厭你耶。」

「慢……慢著慢著！仔細看，她有附加檔案給我……！」

高坂一副慌張地按起手機，確認附加檔案時還不讓我看見。

「噢噢～～！那傢伙是怎樣啦！明明回傳內容讓人火大到極點，結果不是送了張超用心的手機照過來嗎？呵呵呵……赤城啊，贏家非我莫屬。我得到可愛得會死人的照片了。」

望著手機照的高坂賊笑。

……受不了，這對兄妹……真讓人搞不懂。

在談話之間，我們已經抵達我家。

「到啦。喂，進去吧。」

「嗯～我看沒那個必要。」

「你在講什麼啊？」

忽然變得遊刃有餘的高坂，紅著臉回答：

「你看赤城，這有多可愛。已經連再次分勝負都不必了吧？」

他半強迫地要我看手機照。看來那好像是高坂他妹的自拍照——制服裝扮的美少女，正擺著笑容拋媚眼，照片本身拍得極為精明……好強，要怎麼拍才會讓自己顯得可愛，這個女生完全瞭若指掌。

難怪高坂這傢伙會被迷得神魂顛倒。

倒不如說，簡直無法相信這張照片和回傳內容那麼狠的女生會是同一個人。

「的…的確是很可愛……但我回到家，還有更多瀨菜的精采照片可以和你比……」

「不，已經連看都沒必要啦。你妹照片的傾向我已經看透了。像那樣就算你拿再多張，也絕對贏不了我妹。」

「你說什麼……！」

我對高坂的台詞發出怒火。他用單手止住我說道：

「我並沒有瞧不起瀨菜。問題不是她——而是你拿出來的照片，一律都有不足的地方。」

「不……不足的地方……？是什麼啦，你說！」

「就是你自己！」

「……唔！」

被高坂直直用手指過來，我彷彿青天霹靂似地愣住了。

「你拿出的妹妹照片，都沒有拍到你。所謂的妹妹啊，只有和哥哥待在一起時，才能發揮最高的魅力啦！沒有和妹妹的合照，根本無法呈現出世界第一的可愛度……！」

「的……的確……！」

高坂，你居然能說出這種真理……！這……這傢伙到底是從什麼時候對關於妹妹的議題變得這麼能辯了？簡直像直接把某款妹系成人遊戲的名言拿來講不是嗎！

「可……可是高坂，這點你也一樣吧！」

「呵——」

看了嗤之以鼻的高坂，我總算察覺到——

他是故意要誘我說出這句台詞。

「咯咯咯……看來，現在正是亮出我真正底牌的時候……」

最近高坂變得格外會講裝模作樣的台詞。

噠噠！噠！噠！

他先做出毫無意義的耍酷姿勢才說：

「睜亮眼睛吧！這樣就結束了——！」

他讓我看了手機的背面。上面貼著一張大頭貼——

「怎麼會……！竟然是你和妹妹的甜蜜合照～～～！」

太讓人羨慕了！這個混蛋！之前說那些都是在騙人！

「呼哈哈哈哈哈！哈——哈哈哈哈哈！」

高坂發出得勝自滿的大笑。

會有那種高傲態度也是當然的。沒想到……沒想到他竟能打出這種奇蹟性王牌……！可惡

……不行了……就算將我的收藏整個翻過來……也找不到能對抗那張王牌的照片。

「……對不起，瀨菜……我已經……」

我用orz這樣的姿勢雙膝跪地。

高坂俯視如此的我，大搖大擺地轉身說：

「……回家去吧。你也有妹妹吧？」

他撂下勝利的台詞。

可是！

「那個～我希望你們可以收手了耶。」

就要放棄的我身旁，傳來了天使的聲音。

「咦……？瀨菜……？」

回頭看去，在那裡的就是我的天使——瀨菜。

接在我之後，高坂也注意到瀨菜。

「唔……喔……是赤城啊？妳剛回到家？」

瀨菜冷冷地半閉眼睛，吐出無奈般的嘆息。

「還問什麼『妳剛回到家？』啊？那邊兩個蠢哥哥，你們在幹嘛啦？我從剛才就走在後面不遠，可是你們害我丟臉得都不敢出聲叫人。」

「咦咦咦咦咦！瀨菜妳有看到我們剛才做的事？從什麼時候開始！」

「……從『呼哈哈哈哈哈哈怎——麼樣！可愛吧？世界第一可愛吧？』那一段開始。」

「那不是我在教室講的話嗎！」

「我……我是要幫哥哥拿忘記的東西過去！結果你們就在聊那種蠢事——我當時有夠害羞的耶！」

「既然這樣，那時候妳跟我說一聲不就……」

「聽到你們聊那種事，我哪有可能開口啊！另外明明還有好多三年級的學長姊耶！」

哎，說的也對。

「……對不起，瀨菜。」

「……抱歉。」

我&高坂安分地表示反省。

瀨菜手扠胸前，「哼……是沒關係啦。」說著，她瞪了我們。

「不要再有第二次喔。像這種丟臉的事情。」

「了解。畢竟我們剛才正好分出勝負。」

高坂遊刃有餘地用高姿態回答。可惡，看了就火！但我沒辦法反駁……！

「呼嗯……你們是怎麼說的？因為沒有和妹妹的合照，所以算哥哥輸，是這樣吧？」

「對，那就是定輸贏的關鍵。」

「是喔。」

然後瀨菜用平板的語氣開了口：

「哥哥，你站到那邊一下。」

「咦？」

「不要問那麼多啦。還有高坂學長，請你開手機的照相功能在那邊預備。」

「……？」

儘管訝異，我們依然照著她的話做。

當我還在疑惑有什麼要發生的時候——

啾。

我臉頰被親了。

「！！！？？？」

「好，這樣就是哥哥贏了吧——那麼再見了，高坂學長。」

「什……什……」

瀨菜牽著血液全部竄到頭上變得紅通通的我，走向玄關，留下愕然的高坂在現場。

聲音裝得平靜的妹妹，臉頰果然和我同樣染成了紅色——

「……回家以後我會沒收哥哥有的照片，知道嗎？還有剛才的事要立刻忘掉。」

我——

我和平時一樣，如此認為：

我的妹妹，就是這麼可愛。

之後，高坂家——

「我回來了。」

「……贏了嗎？」

「咦？」

「我在問你，贏了嗎？」

「啊……抱歉，我沒有贏。」

「啊？為什麼！我用簡訊傳了照片給你吧！」

「那是因為……妳看我用手機拍的這張。赤城兄妹『臉頰親親』照。」

「咦咦！……小……小瀨瀨……騙人的吧……真不敢領教……」

「看嘛，很扯吧？呃，雖然我也沒有認輸，可是被他們這樣示威，實在不能說是我們贏吧？」

「唔……」

「……………………」

「喂，你一直瞄我這邊幹嘛！我……我才不會學他們！」

〈變色龍千金〉

適逢這次在番外篇擔任敘述者，首先會感到迷惘的問題，就是該如何調整語氣以及稱呼。「我」、「人家」、「吾輩」、「在下」——畢竟對於具備數種姿態與姓名，連個性和語氣都有區別的「我」來說，「自己的真面目」這種角色，已經失去意義了。

在我開始養成習慣，將個性等特質當成面具做「區別」來用以前，我是以哪種方式講話、又有什麼樣的個性呢——儘管我沒有忘記，但那個「過去的我」和「現在的我」究竟能不能算是同一個人？

姆姆姆……真是詭異的問題。

我甚至會覺得，用「在下要開始聊自己的事囉」這種說笑的語氣來開場，反而更像我目前的「真面目」。

……呃，好的……雖然我曾迷惘過，但或許這不需要想得太難。

再說，我也已經像這樣為話題開了頭。

且讓我隨心所欲地發揮吧。

我想這和各位認識（應該沒忘記吧？）的「槙島沙織」，在口氣和對其他人的稱呼上多少會有差別，不過請當作我平時心裡頭總是用這種感覺在說話就可以了，忍忍。

那麼那麼，那麼那麼那麼那麼——總覺得緊張起來了呢。

因為我從來沒想過，居然會有向各位揭露自己故事的機會。

……真不好意思。雖然像我這種塊頭做出害羞的反應，大概也沒有任何人願意萌。

咳。好了，暖場的話就到這裡打住——讓我們開始吧。

這是我最討厭的姊姊的故事，也是過去曾經要好的朋友的故事。

同時，也是關於槙島沙織和沙織．巴吉納的一段故事。

在開始回想過去以前，有一件重要的事情我希望先聲明。

四年前——在我認識小桐桐氏的三年前。

當時我的身高是一五九．八公分。

胸部D罩杯。髮型和現在一樣是輕柔長髮。

十二歲的槙島沙織以小學生而言發育不錯，然而也不會長得太魁梧——是個具備勻稱身材的美少女。呵呵，很厲害吧？

只不過，現在想起來還真是令人羨慕的煩惱，幾乎連我都想詛咒自己——當時自我意識過剩的我，已經開始對本身發育之良好、以及醒目的容貌抱有自卑感。明明只要仔細看身旁，應該就有發育得和我差不多的同學。以往我萬分抗拒用抬頭挺胸、背脊挺直的姿勢走路，每當走路時駝背，就會被父親或母親狠狠訓斥，因此我記得自己天天都手足無措地想著：「……怎麼辦才好呢？」

雖然幾年後，在身高超過一八〇公分之時，我已經徹底放棄了。

即使如此，直到現在，發現初次見面的人對我露出驚訝神色，我還是會感到受傷。

唔～這麼回想起來，京介氏和我初次見面時的反應簡直糟透了。一看到我，他就瞠目結舌地張大嘴巴，在我向女僕報上「沙織．巴吉納」姓名的瞬間，他還噴出飲料猛咳呢……當時我的少女心被深深地挖下了一道傷口。

我才不會淡忘這件事。因為，我屬於會記恨的類型。

呃，那個，總之就是……

我塊頭 非 常 大。

對我來說，這是從小時候就有，而且不得不伴隨自己終生的煩惱。

儘管心痛的感覺如今已經麻痺，變得勉強能承受了——然而當時的我，不論在精神和肉體方面都很虛弱。而父親採取的教育方針——「試著用和姊姊略為不同的方針來培育這傢伙吧」，也促使狀況惡化，因此十二歲的槙島沙織，其實是個怕生到近似患有社交恐懼症的千金

小姐。

「槙島小姐相當漂亮呢，身材又好，像個模特兒一樣——」

「…………謝謝。」

「這週末要舉辦茶會，槙島小姐意下如何呢？」

「……我不方便……因為要學習才藝……」

看見別人的臉我就會緊張，無法好好說話……但如果用書信往來，倒沒有問題就是了。

所以我不擅長與人交往，當然也很難交到朋友，在班上則是遭受孤立……

脆弱的心，連帶讓脆弱的身體生了病。

如此這般地，變得常向學校請假的我，有過一段每天在家裡休養與自修的日子。

那件事情發生在某天。

香織姊姊突然來到我的房間。

「——嗨，妳很閒吧？來陪姊姊玩。」

這是用來對待幾個月沒有見面的妹妹的口氣？態度簡直就像每天見面的和睦姊妹不是嗎？

我心裡冒出一股莫名的異樣感。

「……姊姊？」

硬是被叫起床的我，根本無法理解眼前發生了什麼事，只好揉著愛睏的眼睛，望向柱鐘確認時間。

凌晨四點半。

不具常識也該懂得節制。房門明明有確實鎖上，這個人是怎麼進來我房間的呢？這項疑問在我看到隨風搖曳的窗簾後，便獲得解決了。

……與其說獲得解決，假如在我眼前的不是這個姊姊，我實在無法相信那幕光景才對——

「……妳從陽台進來的？」

「對啦。」

姊姊的答覆，總是直來直往地像男生。「這房間是在三樓喔。」連要這樣吐槽她，都會讓我覺得不識趣——家姊就是這般不按牌理出牌的象徵。

她同時也是個外表亮麗的人。比當時的我略高一些，體型苗條。

姊姊今天的裝扮，是黑色的機車騎士服。具時尚感的太陽眼鏡，遮著她細長的眼睛。

假如用「我現在」的知心好友來比喻，讓我想想看……要是將小桐桐氏的靈魂裝到黑貓氏的身體裡面，也許會跟當時的姊姊有些類似。

她留著一頭深黑色的長長秀髮。

手扠胸前，宛如ＧＡＩＮＡＸ的機器人般威風凜凜。

還笑著露出發亮的虎牙。

槙島香織，就是形象如此的一個人。

特別是她那擅作主張又不講理，絲毫不肯聽別人講話的部分，我常常覺得和小桐桐氏一模一樣。還有會獨自衝在前頭，將旁人甩下的部分也是……簡直像得令人討厭呢。

我希望小桐桐氏務必將那些毛病改掉。

因為看著別人的背影逐漸遠去，很難受。

……將話題帶回吧。

「咦……嗯？妳說要玩……？」

「就是要出門啦。好了，快點去準備。」

香織姊姊「唰」地將棉被掀開，拉住我穿著睡衣的手臂，硬是把我拖起床。

「等……等等……請妳等一下。我還要整理頭髮和……」

「沒那種時間。要是被人發現我闖進來，不就麻煩了？」

完全是綁票犯的說詞。

「不要緊。妳這樣就夠可愛了。」

姊姊溫柔地摸了摸我的頭，我感到臉頰發熱。

「……！」

我猛搖頭，甩開擺在頭頂上的手。

「哎呀——呵呵，妳真會害羞。」

「這……這才不算害羞！」

我用力瞪了姊姊。可是，香織姊姊對我嚴厲的視線似乎不為所動，平靜地揚起嘴角說：

「好了，我們走吧。」

「……唉。」

嘆氣。儘管不清楚狀況，就長年的經驗法則，我能確信的只有一點：對這個人不管說什麼都沒用。

「……拜託妳至少讓我換件衣服。」

「行啊。妳穿那種麻煩複雜的衣服，要動也不方便。」

……這個人打算讓我做什麼呢？大聲求救會不會比較好……外人以上、姊妹以下的關係，幾乎讓我認真考慮起這樣的問題。

那就是槇島沙織和大她七歲的姊姊——槇島香織之間的關係。

談到這裡，我好像該用「我現在」的視點，先為香織姊姊多做一些介紹。

運動神經超群、頭腦清晰、相貌端麗——哎，儘管她是個基礎能力一股腦優秀的人，但是那些應該不能稱為她的本質。

我想想……如果要用一句話形容香織姊姊，我認為「興趣極為多樣的人」最合適。

諸如棒球、足球、籃球等主流的運動項目就不必說了，其他還包括爬山、馬拉松、游泳、浮潛和騎機車——總之她會挑戰任何事情。也因為香織姊姊是個做事格外講究、又頗具要領的人，所以無論做什麼大部分都能夠立刻上手，並且從中獲得樂趣——在我印象裡就是如此。畢竟興趣這種東西，再怎麼說，全都是實力未達一定程度就無法享受到樂趣的活動，就這層意義來看，姊姊應該擁有「享受眾多興趣的才能」吧。

當然身為凡人的我，則相信姊姊也會有「無法上手的興趣」，但她是完全不提自己消極面的人，因此這部分我也不能斷定。

於是，在刺激好奇心的繁多興趣中，好動的姊姊先一一征服了戶外活動類。由於她生在富裕家庭，可以隨心所欲地使用無限的零用錢，我想應該沒有煩惱過資金才對。而每天上學讀書的正常觀念，在香織姊姊腦袋裡占的比例絲乎也很微薄，她淨會四處去旅行，玩到哪裡都盡情揮霍，始終過著放縱不羈的生活。惟獨這幾年，不知為何好像常待在日本，然而不太接近家裡這一點還是沒變，所以我別說是和唯一的姊姊感情不好，其實就連見面的次數也寥寥無幾。

小桐桐氏和京介氏總是會反反覆覆不斷重申，他們彼此關係不融洽——而且以前感情還要更加更加不好——話雖如此，和我與香織姊姊的關係一比，那樣的兄妹關係實在像樣許多。

……哎，重要的是，看著那兩位引人發噱的互鬥，關係不好這件事本身，到頭來感覺只像誤解和掩飾害臊所造成的意見相左就是了。

那麼——和某對兄妹不同，我們這對連意見都沒有機會相左的槙島姊妹，關係便是如此。
因此各位應該可以想像，對姊姊忽然潛入臥室的怪異舉動，我會有多吃驚。
換上輕薄洋裝的我，被姊姊牽著手走到陽台。
若要說藉口，我那個時候其實還沒睡醒，並沒有完全掌握事態。到了陽台以後，我發現欄杆上綁著繩索，繩索則垂向底下——家裡的後院。我猛烈地感受到一股不祥的預感。
「……姊……姊姊……那個……」
「別大聲喊出來喔？」
姊姊一把將我扛到肩膀上——
「呀啊啊啊啊啊啊啊啊啊啊啊啊啊啊啊啊啊啊啊啊啊啊啊啊啊啊啊啊啊啊啊啊啊啊啊！」
——我或許是生下來第一次喊得這麼大聲。
「真是的……都叫妳別大聲了吧？」
「唔——！唔——！」
——怎麼可能嘛！其實我想這麼叫出來，但目前我連那種空閒都沒有。目前，我正坐在姊姊駕駛的機車後座——況且為了不被甩下去，我光是抱緊姊姊的背就費盡力氣了。
讓香織姊姊用繩索帶著我爬到底下後，我被放到停在後院的機車上，戴起安全帽——然後直接被拐走了。這便是現在的狀況。

「唔——！唔——！」

我依然把臉貼在姊姊背上，對著她抱怨。

「妳問要去哪啊？哈哈，這是到達之後的驚喜。」

……為什麼她會聽得懂我講的話？倒不如說……倒不如說……更要緊的是……

姊姊，妳是不是扛了一隻裝著「相當不得了的東西」的手提箱？貼在妳背上的我，從剛才就一直被硬梆梆的觸感頂到頭，這是……

「啊，那是ＡＫ－４７。」

她說的是……啊哈哈……總不會是真的吧？

「一九四七年定案的卡拉什尼科夫型——簡單說就是突擊步槍。」

——果然是槍嗎——！

「雖然這是模型槍。」

——唔啊！

「昨天，我是去參加千葉的生存遊戲聚會啦。」

表示說——她八成又出手嘗試新的興趣了。

話說回來……姊姊居然會說「一起玩吧」。她在想什麼呢？

畢竟要多少朋友她都有，根本沒理由特地約我這個幾乎不曾交流的妹妹……

「我是一時興起啊。」

姊姊如此說。

「————」

……這樣嗎？想想也對。

我咕噥著，在抱她的手臂上使了勁。

那之後又騎了多久呢……當我手差不多開始感到疲倦時，姊姊精神奕奕地拉開嗓門說：

「吶，妳看——是海喔。」

「咦？……哇啊。」

畏畏地抬起頭後，我發覺機車正跑在海岸沿線的馬路上。

灑下的朝陽，讓海面閃閃發亮地閃爍著——我不禁受到感動。

「舒服吧？」

「……唔……嗯。」

「騎機車很棒。能直接感受到風與周遭的氣味。」

……那樣的心情，我稍微可以懂。因為坐在四周被包圍住的汽車裡，應該體會不到這樣的感覺。

香織姊姊說了：

「妳老是擺著一臉無聊的模樣，特別在最近──總覺得，我不喜歡這樣。」

所以，她才會一時興起。

「…………是嗎？」

我老是擺著一臉無聊的模樣？……我們明明幾乎沒有碰面，還說得妳好像都知道。

當下我覺得自己心情好久沒有這麼舒坦。

因為在看海之餘感受風，讓我很痛快。

儘管如此。

謝謝──這麼一句話，我不想對她說。

直到剛才還對高速奔馳抱持著的恐懼感，不知不覺中已經消失無蹤了。

我一直以為她會直接送我回家，結果並不是。

機車就那樣沿海岸前進，駛入恬靜的住宅區。

那裡是橫濱市的山手町。在滿是坡道的街上緩緩轉彎後，機車平順地停下了。

「到囉。下車。」

「呀啊……呼。」

差點跌倒之餘，下車後我看見一棟白色的公寓。

「這裡是什麼地方？」

「呵呵，是我的珍藏館喔。」

姊姊得意地露出犬牙。我略為驚訝地睜大眼睛問：

「難道……妳叫家裡買了整棟公寓給妳？」

「沒有，不是啦。這裡原本是老爸用來保管繪畫或模型之類收藏品的地方，但是在某個時候，他好像把大部分的東西都捐給博物館了——所以囉，身為可愛女兒的我，就拜託他將這座變得大而無當的公寓讓給我啦。」

「……可愛女兒……」

妳自己說自己啊？

「嗯？」

「沒有，沒事。那麼……現在這間屋子，是用來做什麼？」

「我說啦，這是珍藏館。」

簡而言之，就是她有了新興趣，開始想收集某些東西嗎？

「……以姊姊來講，這項興趣還真靜態耶。」

「嗯，因為人生短暫嘛。」

「……咦？」

……忽然脫口說這什麼話啊？我心想。

香織姊姊扠起手，滿臉得意地道來：

「沙織。我啊，想盡可能做過各種事情後再死。為了這個目的，會需要健康又靈活的身體吧？因此首先呢，我才從可以鍛鍊身體的事情順手做起啊。為了健康而開心運動的我，一直都把鍛鍊身體當成輕鬆有趣的活動在玩。要是活得沒有效率，壽命馬上會走到盡頭。我想做的事情是『全部』，並沒有特別鍾愛戶外活動類的興趣。」

她揚起嘴角，要我別誤會。

「呃……意思是——那個，雖然以前妳從事的都是活動身體的興趣，但以後也會開始嘗試室內性質的興趣嗎？」

「對啦。我覺得差不多也是切換方針的時期了。就是因為這樣，最近兩、三年我正把這座公寓當成據點，玩各式各樣的活動。妳身體不好，之前我不方便約妳就是了。」

姊姊喜孜孜地露出「唔呵呵」的淺笑，然後用力張開雙手說：

「快高興吧！以後姊姊會陪妳一起玩喔！」

假如是室內性質的興趣，就找妹妹一起來玩吧……她大概是這個用意。

原來如此……我稍微能理解了。

居然這麼擅作主張……以前明明都棄我不顧——

「事……事到如今……我才不會——想要……姊姊……陪我玩……」

雖然是自我評價，但我認為自己個性相當溫和。

「……再說，我今天還要練鋼琴……必須回家。」

然而這個時候，我在聽姊姊講述想法的過程中，心裡卻湧上陣陣怒火。

——如果是同樣身為妹妹的小桐桐氏，應該能理解這種不可思議的現象吧？

雖然我現在會含笑望著無法坦率的小桐桐氏，其實，我並沒有資格說別人。誰叫我——

「總之妳過來啦，肯定有意思喔。」

被說著「一起玩吧」的姊姊拉住手，我一面對她的恣意妄行感到憤怒——

同時，卻感到十分開心。

姊姊操作了公寓入口的電子面板，讓自動門啟動，然後帶我搭乘電梯前往二樓。她一出電梯，就從揹著的手提箱裡取出ＡＫ－４７裝備。

鏗。當時的我沒理由會知道槍械的正式瞄準方式，但我記得她拿起步槍相當有模有樣。

「……那個，姊姊？」

「嗯？」

「妳為什麼……要拿著槍預備瞄準？」

「唔，隨便啦。」

說完不算回答的答案後，姊姊不出聲音地往前走。她停在某扇門前面，隨手按下對講機。

「等……等等……」

我連忙跟在姊姊後頭。

「呃……裡面有哪位在嗎？」

「我朋友啦。」

「……這樣啊。」

她把朋友帶來據點，當做聚集的場所——情況應該是這樣。

……我肚子開始痛了。

我不擅長和人面對面，那會讓我非常非常不好意思，實在無法正常講話。雖然說香織姊姊和我的關係在姊妹以下，家人仍然是家人，只要不對上目光，我至少還能和她講話——但要是換成初次見面的對象，我真的沒有自信能面對。

完全沒聽她說過啊……居然會有朋友在……嗚嗚……我已經想回去了……

可是，既然已經被姊姊用機車載來，我也沒辦法獨自回家。

之前果然該大聲求救才對，儘管為時已晚，我仍感到後悔。

就在想著這些時，眼前的門果真被人推開了。

我立刻用兩手遮住臉，只在指縫間為自己保留視野。

另一方面，香織姊姊忽然當場趴下，並迅速將槍口轉向開門的人物。

「Freeze！」

「咕啊啊啊啊啊啊啊啊啊啊啊！」

對方吃驚得跌坐在地上，真可憐。那是位學生服裝扮的男性，年紀恐怕和高中生差不多。

……無論如何，他也嚇得太誇張了吧？

也許那滑稽的反應讓姊姊覺得很有趣，她「咯嚓」一聲重新舉起步槍瞄準，再度叫道：

「我要轟掉你那張漂亮的臉！」

「咿！妳……妳這傢伙……！那把槍——看來妳是俄羅斯的殺手嗎……！」

那名男性依然跌坐地上，手忙腳亂地往後退。他難堪的反應，宛如一名被人用真槍對著的間諜。儘管那種言行只讓我覺得胡鬧，以開玩笑來說卻又太過逼真，很難解讀。

另一方面，香織姊姊胡鬧的態度就好懂多了。時髦的太陽眼鏡發出亮光，保持臥射姿勢的她說道：

「呵，不錯嘛，能察覺到——不愧是高貴的『暗之皇子』。」

「不要用那個真名叫我！」

對方脊椎反射般地吐槽後，才回神恢復理智，並且坐著用手指向香織姊姊說：

「慢著，妳不是香織嗎！」

依舊趴著的姊姊「啊哈哈哈哈」地發出大笑。

「謝謝你棒到極點的反應，我都想拍成影片留下來了。」

「咕唔……」

他滿臉苦澀地起身，拍掉沾在屁股上的灰塵。

從指縫間偷瞄，我發現他有張宛若女性的端正臉孔。帶著異國神祕風情的黑髮，甚至能感受到一股奇妙的豔麗，身材則顯得削瘦且皮膚白皙——

換成「現在的我」，就能用無比貼切的形容方式介紹他，不過……

由於實在太「原汁原味」，在此還是作罷。

但是和那個動畫角色相比，他顯得滿不中用，或者應該說有種欠缺活力的感覺。那雙死氣沉沉的眼睛，彷彿代表著埋首無趣日子裡的現代人。

「唉」地發出沉重嘆息的男性說：

「……那步槍是怎麼回事——妳開始玩生存遊戲了嗎？」

「對。」

姊姊站起身，將步槍擱到肩上。

那名男性擦去額頭的汗水。

「呼～太好了。妳這次的興趣還挺像樣的。」

「……你怎麼是對這一點表示放心？」

「我原本擔心，假如妳的新興趣是收集真槍的話要怎麼辦。」

「白癡啊，這裡是日本耶。受不了……你那傻呼嚕的廚二病，留在慌張時發作就夠了。」

「要是妳就有可能搞出那種事，所以我才怕啦！」

我有同感。啊，對喔……剛才他會格外畏懼槍口，應該是對「也許會有子彈射出來」這點感到不安的緣故吧。

做出犀利吐槽的他，似乎在這時發現我了。

「喂……香織，這個千金小姐是誰？妳從哪裡拐來的？」

初……初次見面的人在看著我……！

面紅耳赤的我將臉遮得更嚴密。

「呀啊。」

我發出尖叫。因為姊姊忽然輕輕地抱住我。

「說我誘拐人，真沒禮貌——她是我妹啦。」

「啊？妳說誰的妹妹？」

「當然是我。」

「香織的妹妹嗎！」

俊麗男性驚訝得睜大眼睛。「我做個介紹。」說著，姊姊就用單手使勁地將我的指頭從臉上扒開。

「她是我妹沙織。」

暴露出素顏的我，「呀啊啊！」地發出尖叫。

「不要這樣！拜……拜託妳住手！拜託妳住手！」

我抵抗著逃離姊姊的掌握，並且再次用手迅速遮住臉。

「……嗚嗚嗚……被…被看到臉了。而且還是被男性看到……現在我只能一死了之……」

「妳是雅典娜的聖鬥士啊（註：漫畫《聖鬥士星矢》中，女聖鬥士要是被看到長相，就只有殺死對方或愛上對方兩種選擇）？」

香織姊姊語氣傻眼地吐槽。她重新面向那名男性，指著害羞的我說道：

「她有一點點害羞。」

「……感覺不是一點點吶。」

「那麼，呃——」

這次姊姊換成指著他的臉，為我做了介紹：

「這傢伙叫真田信也，是我的御宅族朋友。他自封為『暗之皇子』。」

「我早就不用那個稱呼了！」

真田信也先生。

……這表示，他之前叫做「暗之皇子」嗎……？

要說是綽號——似乎並不像。當時的我不太懂那是什麼意思。

「看嘛，這孩子沒聽懂妳的意思。別讓她混亂啦。」

「呼嗯……站著講話也不方便。我們進去吧——大家到齊沒有，真田？」

「只有我和彼方啦。」

「什麼嘛，同志諸君真不捧場。難得我想向大家炫耀可愛的妹妹耶。哎，算了——」

……他們自顧自地聊起來了。

我鼓起勇氣，朝著走在狹窄公寓走廊上的兩人攀談：

「那……那個——我完全不懂這是什麼狀況……」

「啊，抱歉抱歉。來吧，姊姊帶妳去。」

姊姊又沿著走廊回來，拉起我的手。我牽著姊姊的手跟在她後面。被當成小孩對待，讓我有種說不出來的不滿，但這裡是敵陣，我只好任憑宰割。

「沙織。」

「……嗯？」

我愣愣望了姊姊，於是香織姊姊打開眼前的門，得意地「呵呵」笑著揚起嘴角，神情開心得不得了地這麼說道：

「歡迎來到我的社團『小小庭園』。」

「……社……社團？」

「沒錯——聚在這裡的，是共有御宅族興趣的『同志』們。」

這就是以往用「普通人」身分生活的我，接觸到御宅族文化的——

第一個值得紀念的日子。

社團「小小庭園」用來當成據點的公寓房間，原來比我的房間還小，與其稱作小小庭園，就風貌而言更像是小小的房間。格局上簡單明快地只有一廳一廚。牆際擺著成排的書架，架上好像全是漫畫書。牆邊唯一騰出來的空間，有台液晶電視，電視旁邊堆著電玩主機和種類繁多的ＤＶＤ。而房間正中央，獨獨放了一張像是小學會有的椅子。

有位奇妙的人，縮著蹲在椅子上。

對方捧著素描本，似乎正在畫畫。要說什麼地方奇妙，就是那身穿著。那一位——乍看下分不出性別——頭上綁著頭帶，戴一副圓眼鏡，還將紅格紋襯衫的衣擺塞在牛仔褲裡。

椅子旁邊隨便擺了個雙肩背包，似乎是對方的東西，背包上插著捲起來的海報。

那副模樣，活脫脫是以前我在電視上看過的「典型御宅族」。

「喔唷？」

身分不明的御宅族，注意到走進房間的我們了。

「咿！」我隨即用手掩住臉。「不怕不怕。」姊姊溫柔地安撫那樣的我，然後朝身分不明的御宅族舉起手說：「嗨，月見里。」

「這不是小香香氏嗎！日安是也！」

……好誇張的講話方式呢。

從宛如動畫女主角的可愛嗓音判斷，對方似乎是女性……由於她幾乎沒有胸部，我在聽到聲音之前都認不出她的性別。將嘴唇抿成ω形的她說道：

「哎呀，那位可愛的千金小姐是何人是也？小香香氏誘拐來的嗎？」

「為何你們就這麼想把我當成誘拐犯？」

「看吧，這是我們的共涌見解啦。」

和我們一起進房間的真田先生，打趣般地開了口：

「——聽了準備嚇一跳吧，據說她是香織的妹妹。」

「喔喔！這位是小香香氏的妹妹啊！呵呵，居然用手遮著臉……真害羞呢。」

她明明穿得那麼奇怪，語氣卻非常溫柔……聽起來充滿包容力。

「好啦沙織，妳差不多該自我介紹了。向他們兩個。」

「……好……好的。」

我確實……很難為情……但這是禮貌吧。

咳……

「……我……我是槙島沙織。初次見面，你們好。」

緊張得全身僵硬的我，手仍舊遮著臉，勉強對兩人打了招呼。

「重新向妳問好，我是真田信也——妳姊姊平時很關照——很常給我添麻煩。」

接在真田先生之後，戴圓眼鏡的女性也向我自我介紹。

她輕巧地起身，將手湊在單薄的胸前說：

「初次見面是也，小沙沙氏，在下——」

不知為何，她遣詞時有短短一瞬間的遲疑。

「在下乃是月見里ganma。」

「呼嗯？gan…ganma……小姐嗎？」

「對啊——呵呵呵，當然ganma並不是本名，是筆名。」
「筆名？……那麼，妳是漫畫家嗎？」
我瞥了一眼她的素描本問道。ganma小姐點頭回答：
「對啊——正確來說，我是還沒獨當一面的漫畫家。」
「喔……」
依然遮著臉的我，仰望了ganma小姐。不對，「仰望」這樣的敘述有些奇怪。因為ganma小姐的身高要不是和我相同，就是比我再矮一點。只不過——我感覺自己仰望著她。
坦白說，我對她懷有一股近似崇拜的感情。當時我所知道的漫畫，幾乎僅限於少女漫畫。然而身為少女，我多少有些塗鴉畫畫的心得，因此能夠將作品創作出來有多厲害，我認為自己一直都了然於心。
所以我自然冒出了這句嘀咕：
「……妳真厲害。」
「哈哈哈，哎呀，真不好意思。在下並沒有那麼了得……」
ganma小姐害羞地扶著後腦勺，一邊問說「——不嫌棄的話，要看嗎？」一邊將素描本遞過來給我。
「……好……好的。」

我收下素描本，也沒注意到自己露出了臉。

「哇啊……」

即使由外行人來看也覺得高明——那是出於行家的畫。她說自己是還沒獨當一面的漫畫家，簡直讓人懷疑是謙遜之詞。素描本上畫的，是黑色禮服打扮的妖豔美女。儘管服裝和氣質全然不同，我隱約間還是覺得那和香織姊姊很像。說不定，她是以認識的朋友為藍本。

唰。翻頁之後，雖然畫在上面的還是相同人物……

「……奇怪，這張畫……好像有哪裡不太一樣。」

「啊，因為那是春日春香畫的。」

「咦？這是……另一位畫的嗎？」

我從素描本微微抬起目光，發現gamma小姐不知不覺中已經換了副眼鏡。

由圓眼鏡——換成紅框眼鏡。

然後她連語氣也完全改了。

「那是小生的另一個筆名喔，小沙沙氏。基於小生的堅持，每換一個筆名，小生就會更改作風與筆觸。」

「是……是喔……」

咦？怎麼回事…………這個人好怪。

害怕的我，求救似地含淚看了姊姊那邊。香織姊姊咯咯笑著說：

「呵呵，這傢伙很有趣吧？她好像是靠著換眼鏡來區分自己表演的個性。據說這樣比較容易切換作風——不管聽不聽得懂意思，妳把她當成這樣的人就好了。那麼，月見里——」

「小生是春日春香。」

「妳真麻煩耶——春日，我記得現在有五種對吧？妳的筆名。」

「是七種。」

正名為春日小姐的gamma小姐肅然地敬禮。

……世上也有如此特別的人呢，我感到佩服。

我覺得——她簡直像變色龍一樣。

不可思議的是，比起身為親人的姊姊，我面對這個人更能自然地說話。

「啊，那麼……剛才真田先生提到的彼方小姐是……」

「那是這傢伙的本名啦。」

真田先生指著春日小姐說。

原來如此，那恐怕是姓氏後面的名字吧。要是這樣，正名為彼方小姐的春日小姐（老是把稱謂換來換去也很麻煩呢，差不多該做個統一才對），和真田先生顯然是親近到可以直呼名字的關係。畢竟，他們兩位看似年齡相近……脫不了就是情侶、童年玩伴、同班同學、同一所學校的學長學妹吧——雖然這是出於我的直覺。

……不知為何，我從以前就很擅長推敲這種人際往來間的細節。

我怕生、膽小、容易害羞又內向——正因為如此，為了保護自己不和他人衝突……才會學到這項技能吧。

對於自己擁有的這項天分，我其實很排斥。

哪怕我是百般珍惜地利用著它。因為對人際往來的細節理解得太多，不是很恐怖嗎？既然我知道這種天分會引起反感，根本不可能踏進別人的心房。

有這樣的天分，害我變得越來越膽小。

「……唉。」

當我嘆氣時，一陣彷彿要趕跑憂鬱的聲音響起：

「好啦！在下要重新做自我介紹是也！」

彼方小姐在不知不覺中戴回圓眼鏡，「唔呵」地現出詭異的笑容說：

「噹噹。在下有時候是描繪唯美黑暗世界觀的青澀漫畫家——月見里gamma！」

「有時還會變成寫實筆觸的劇作派青澀漫畫家——春日春香！」

「而我的真面目則是——隆隆隆隆隆隆隆隆隆。」

她緩緩拿下眼鏡，一口氣脫掉纏著的頭帶，進行「變身」——

「妳差不多一點。」

「啊好痛！」

同時真田先生也對她吐槽。

頭頂挨中手刀的彼方小姐，含著眼淚抱怨：

「唔呀！做……做什麼啦？信也學長！」

「妳每次自我介紹都很麻煩，簡短了事啦，快點。」

「好嘛～」

彼方小姐忽然多了股稚氣——倒不如說，語氣變回與年紀相符的她，正揉著頭望向我。

她有雙俏皮的大眼睛，是一位素顏散發著稚氣的女性。從「學長」這種稱呼來判斷，彼方小姐應該是高中生，然而看的方式不同，也會覺得她年紀和我相近。

「哎唷，人家正想來一段華麗的自我介紹，都是學長害我沒辦法耍酷不是嗎……呃，所以就這樣啦——多指教喔，沙織。」

彼方小姐揉著頭，一邊吐舌。身上突然縈繞著小惡魔般氣質的她，讓我感到困惑。

「是……是的……那個……結果，我該怎麼稱呼妳比較好呢？要叫ganma小姐？還是該叫——彼方小姐？」

「嗯，這個嘛。」

彼方小姐將食指湊在淡蜜桃色的唇邊，沉思一會——

然後她使壞似地閉上單眼說：

「妳就叫我『彼彼』吧♪」

結果——

我決定用「彼方小姐」，來稱呼面孔有如變色龍般多采多姿的她。

對於頗為怕生的我來說，這間公寓所匯聚的全是年長者，原本當然會覺得這裡是一處讓人十分不自在的地方。儘管如此，之後我卻來這個社群拜訪過好幾次。因為意志薄弱如我，實在無法回絕香織姊姊的邀約。所以我不會積極地和成員交流，姊姊要帶我到公寓就跟著去——但幾乎大部分的時間，我都遮著臉保持沉默。

我沉默地——從指縫間望著那感覺愉快的光景。

好比……我在學校下課時間所做的事那樣。

總會親切對待如此的我的，不是別人，正是彼方小姐。

「吶吶吶，沙織～一起來打電動吧？」

「沙織，妳有沒有組過模型？嗯？沒組過嗎？妳對這部作品本身就不知道？那先來看這片

DVD吧！」
「……呵呵呵，小沙沙氏～妳可知道什麼是同人誌？」
「小沙沙氏小沙沙氏，要不要和在下去comike看看啊～？」
御宅族身分的我，等於是由她培育而出。
雖然將我拉進御宅族世界的是姊姊——不過那個人只把我拉進來，之後居然就完全棄我於不顧了。

槙島香織在享受室內興趣之際，所創設的社團——「小小庭園」。
這個小社團的成員總數約為十名，所有人會各自將種類繁雜的御宅系興趣帶進圈子裡面，有時聊天有時玩樂——是一處氣氛非常悠閒的空間。之前我曾認為，這裡的性質和好動的香織姊姊簡直完全相反，然而實際上，那似乎是我擅自斷言。很意外地，姊姊也會每天看漫畫、打電動或觀賞動畫——同時還與人嘻嘻哈哈（擱著妹妹不管！），始終用全力歌頌人生。
今天包含我在內，同樣有四個人聚集在公寓，個別以自己的方式度過時光。
我穩穩坐在座墊上，看著漫畫書。
表情陶醉的香織姊姊在分解組合模型槍。
彼方小姐處於戴圓眼鏡的「月見里gamma」模式，正一邊哼歌一邊在素描本上揮灑。

而現在——真田先生恰好走進房間，單手提了紙袋。

「安。我有買蛋糕來，誰幫忙倒個茶吧。」

盯著模型槍不放的姊姊回答：

「阿星妳去，拜託。」

她提到的「阿星」小姐，是一位紅茶泡得好喝到連行家都要拜服的人，很不湊巧的是，她人並不在場。

筆桿沒停下的彼方小姐說道：

「阿星氏剛才回去囉。好像是說要和妹妹去唱ＫＴＶ。」

「原來那傢伙有妹妹？——真意外。」姊姊如此答腔。

「對我們來講，妳會有這種文靜的千金小姐型妹妹，還比較讓人訝異。」

「吵死了。」

「順帶一提，在下也有個妹妹——」

在雜亂無序的對話中，我不湊巧地插了嘴：

「那個……」

等我發現自己無意間將別人的話打斷，已經來不及了。

我出的聲音，變得干擾到彼方小姐想談的事情，現場急遽沉靜下來。

「…………」

…………

……啊啊，我又闖禍了。我怎麼這麼笨……這麼遲頓……

明明我早就想到氣氛會變僵，為何要多此一舉地沉默下來？

我總是這樣。有意體貼別人卻得到反效果。我這種笨頭笨腦的人，根本不可能交到親暱的朋友。

「——怎麼了嗎？小沙沙氏？」

對陷入自我厭惡循環中的我溫柔開口的，是彼方小姐。

「啊……」

「嗯？」

她絲毫沒有顯得不耐煩，還願意等待緊張得不太會講話的我。

因此，我才能用宛如放下胸中大石的心情，表達出自己的想法。

「那個……讓我……來倒茶吧？」

「喔喔，小沙沙氏要泡茶款待在下等人嗎？」

「是……是的。雖然沒辦法泡得像阿星小姐那樣……但我在才藝課學過……所以我想應該是辦得到的。」

為什麼會講出這些話，連我自己也不是很清楚。

……我大概是想融入這個感覺愉快的圈子吧。

「那太棒了——在下滿心期待喔。」

「……好……好的。」

若試著回想——「在下」真的向她學習了很多。

或許，就許多意義而言，彼方小姐就像是我的師父。

沒錯，我受到彼方小姐太多照顧，無論怎麼想，對她都只有稱讚的話語（雖然要講姊姊的壞話，我可以講一整個晚上）。

她是位讓我崇拜的女性，隨時都態度溫柔，還教會我許多有趣的事情。

……哎，儘管我一直覺得那副御宅族打扮有點問題。

——有這樣溫柔而且宅的姊姊在，我真羨慕彼方小姐的妹妹。

有機會我也想見見那位妹妹，不過御宅族圈的社會特別窄，說不定我已經在哪個地方有和她擦身而過的經驗了。

這一點是千真萬確的：只要在御宅族業界擁有相當程度的交流關係，不管怎麼樣都會碰到「朋友的朋友也是自己的朋友」這種狀況。

當彼方小姐享用蛋糕與我沖的茶稍作休息時，她拿掉眼鏡了。看來她在畫畫以外的場合會拿下眼鏡。社團的人圍著折疊桌開心地聊起來以後，真田先生忽然朝彼方小姐搭話說：

「——彼方，妳從之前就在畫什麼？」

「咦？啊～嗯呵呵……你會好奇？」

彼方小姐害羞得臉頰泛紅。

「其實我正在修新作的設定。嘿嘿，請看吧請看吧。」

姊姊和真田先生點了頭，彼方小姐便滿臉開心地，從剛才執筆作業的椅子那一帶將素描本拿了過來。

「嘻嘻嘻，這次我是認真要爭取機會出道，還滿有自信的喔♪」

她大方攤開素描本，讓所有人都能看清楚。

高妙的筆法依舊直逼專業級——畫在上面的，是角色的素描草稿。

有位黑髮白皙的超美形男性，穿著漆黑服裝——

「唔……喂，妳這個角色……」

看了圖的真田先生表情戰慄地問道：

「感覺跟我滿像的不是嗎……！」

「啊，你發現啦！其實呢其實呢！我是拿國中時代的信也學長當藍本喔！用在這裡的，正是『暗之皇子』的設定！哎，雖然年紀會拉到高中生，不過語氣那些我有認真考慮要照樣搬過來用！」

「妳少拿我的黑歷史畫成漫畫啦啊啊啊——！」

「咦～為什麼！超帥的說，絕對受歡迎耶！」

「帥才怪！我啊——自從戒掉『那種症狀』以後，現在每天活著都會對那段痛得慘絕人寰的國中時代感到後悔啦！」

「不不不不不！哪有必要後悔！我都說那樣子超帥了嘛！國中時代的學長！誰叫我在現實世界裡，根本不認識有其他人能用『……呵……咯咯咯……』這種邪惡又若有深意的笑法，還笑得那麼合適耶！」

「咕哇啊啊啊啊啊啊啊啊啊啊啊！」

真田先生雙手按著頭，痛苦得死去活來。由於他有張無謂的帥臉，那股魄力幾乎令人為之一懾。

「喔喔喔喔……住手……真的拜託妳住手，彼方……」

但他這樣實在很遜。

我本來就對他沒有好印象，不過這幕光景簡直難堪到讓人好感全無。

「呿～學長現在超遜的。明明以前那麼帥。」

彼方小姐狀似失望地咕噥。跟著連香織姊姊也嗤之以鼻地說：

「哈！真受不了——以前的你，可是會毫不掩飾地講出『有架勢的重度邪氣眼患者反而酷＊但僅限型男』這種話耶。現在你症狀戒得不徹底，反而比過去慘痛一百倍以上喔。啊，難道這就是所謂的『高二病』？」

真田先生含淚承受女生陣容毫不留情的話語，靜靜地蹲了下來，低著頭——

「……我的心似乎快被黑暗吞沒了……」

他低喃出又遜又像詩一般的台詞。

我一直用豔羨的目光，望著那些有意思的互動。

明明光看著心情就會愉快——我卻總是有種被排擠在外的感覺。

那是由許多的亢奮和些許寂寥摻雜在一起的奇妙心情。

假如說，感覺像是將一套情節熱鬧的日常喜劇小說，突然從第三集開始讀起，不知道是否能讓各位理解？

從以前到現在，名為「小小庭園」的迷人社群中，應該發生過各種插曲、發生過讓成員們加深羈絆的故事，那些我都來不及一起經歷——或許就是這點使我覺得不甘心。參加御宅族的交流社群——這段上癮般的快樂體驗……曾讓我著迷到如此地步。

像這樣。

儘管度過的時間並沒有多長，在彼方小姐帶領下，我耳濡目染地養成了御宅族的興趣。

最初，我明明只是想和唯一肯理我的溫柔大姊姊變得要好。

以某種層面來看，說不定這就像在泥沼中越陷越深一樣。

和彼方小姐一起眼睛發亮地觀賞動畫的我。

拿著彼方小姐推薦的漫畫，心情雀躍地讀得入迷的我。

將組裝好的模型，興奮地現給大家看的我。

從前些時候的我身上，根本想像不出會有這些舉動。

可是，我很愉快。

我玩得非常非常愉快。

我找到許多想做的事情，認識了可以痛快地聊相同話題的人。

那時候，我的人生已經充實到極點。

也許是生活獲得滋潤的關係，似乎連我生的病都被趕跑了。

這都要託彼方小姐還有社團成員們的福——雖然我不想承認，但香織姊姊也有一份。

以往被形容成活得一臉無聊的我，如今每天都能挺起胸膛否認說：「才沒那回事。」

不過，那樣的日子沒有持續太久。

像我以前跟京介氏說過的一樣。

所謂的朋友，並不是永遠都會留在自己身邊。

我硬生生地被迫面對了那樣的現實。不是透過別人，正是透過香織姊姊的手。

某一天。真的只能說就在某一天——香織姊姊和人結婚，跑去國外了。彷彿青天霹靂。對我或其他社團成員來說，都是這種感覺才對。

徹底疏忽的我，一直都忘了這點。

「我要結婚了，所以掰啦。」

我的姊姊就是這種人。

她一如往常地和大家玩過以後，在臨別前，拋下了剛剛那句台詞——

隨後，姊姊言出必行，沒有再到那棟公寓第二次。

起初我還能樂觀看待。只是缺了一名社團成員，我以為快樂的日子沒道理會改變。

然而實際上，只是缺少一個人，快樂的日子便結束了。

有人說要將收藏品託付給我——因為她交到了男朋友。

有些人連鎖性地逐步離去，理由則是因為他們的朋友沒有再來社團。

有人的志向是成為醫生，為了專心用功放棄當御宅族。

有人敲定要正式出道，忙碌得不再去那間公寓。

香織姊姊宛如一道栓，能夠留住興趣和個性千奇百怪的眾人，而社團失去中心人物以後，就只剩瓦解這條路而已了。

社團如此地喪失一個又一個的成員，曾幾何時，我就一個人落單了。

這很過分吧？

姊姊自己跑來找我，先告訴我世上有這麼多開心的事情——等到膩了，她立刻跑去下一站。之前還拖著我四處跑，結果摧毀掉我珍惜的地方後，姊姊卻坦蕩蕩地顯得不以為然。

太瞧不起人了。我覺得這不能開玩笑。

我一直很生氣。對這件事情，我非常非常憤怒。

說不定，我從出生下來是第一次這麼生氣。

因為，對於我始終羨慕的那塊空間——

我彷彿感覺到姊姊如此對我說：

「那玩具我已經不要了，之後隨便妳處理吧。」

由於實在太火大了，我曾經跑去姊姊在國外住的地方，直接與她談判。不，這麼說有錯。我去那裡是要揍香織姊姊。

我想我有對她說過幾句話發洩，但現在記得的只剩這些……

「姊姊妳害所有人都解散了！」

「嗯，這樣喔。」

姊姊答道。

她的臉頰紅腫，可是不知為何卻一臉高興地露出犬牙說：

「那也沒辦法。畢竟那是我創立的社團，妳在那裡並沒有特別做過什麼不是嗎？到最後對那些傢伙來說，妳終究只是『朋友的妹妹』而已。」

「…………！」

我愕然地說不出話。並不是因為姊姊提到的事情讓我意外。剛好相反。

正是因為被戳到痛處，我才會強烈地動搖。

我在那裡，只會讓大家為我付出——自己卻什麼也沒做。

我始終沒有付出努力，讓自己和大家變得要好。

「……嗚。」

到最後我和他們依舊只有淡薄的關係——沒辦法成為朋友。

「……嗚啊……」

我能將快要冒出的嗚咽吞回去，是靠著一口氣。這是身上僅存的自尊，我才不會在這個人的面前哭。

——從那以後，我一直獨自守護著大家託付給我的各種東西。

也幸好我進級讀的國中，就在珍藏館附近，想住進那棟公寓並沒有多難。我將某股決心藏到胸口，開始在已經沒有任何人會來的房間裡度過閒暇時光。上學讀書之餘——

我也獨自在那裡觀賞動畫、獨自看漫畫、獨自組裝模型。

並且獨自畫插圖、獨自擺設公仔做裝飾、獨自保養模型槍——

「碰！碰！碰！」

我朝瞄準鏡探視，握著AK-47步槍扣扳機，扣扳機，扣扳機。

房間裡沒有其他任何人，沉靜的空間中，響起我咕噥的槍聲。

「……碰……唉。」

……真是空虛。

我不由得想哭。這樣的我……到底算什麼？

沒有任何人的公寓裡，身穿洋裝的千金小姐，正待在其中一個被御宅族商品簇擁的房間，還拿起突擊步槍瞄準，熱衷於孤獨的槍戰遊戲。

這就是現在的我。

不該用客觀角度看自己。儘管我不是要借某人的台詞——

「……我的心似乎快被黑暗吞沒了。」

感覺好寂寞。可是我還有股比寂寞更強烈的情緒。

「嗚嗚嗚……嗚嗚。」

呃，那個，請原諒我遣詞會稍微沒規矩一點——

「給我看著吧！我絕對絕對絕對絕～～～對！會給妳好看！」

「唔哈！好有氣勢耶！」

「咦！」

我嚇得回頭一看，發現彼方小姐正在玄關舉著單手微笑。和往常一樣的紅色格紋衫打扮。代替髮箍戴在頭上的則是圓眼鏡。

「彼方小姐……妳怎麼會來這裡？」

「嗯～因為我沒有還備份的鑰匙。」

她「咿嘻嘻」地擺出使壞般的笑容，捏著鑰匙給我看。以往能賦予我安心感的那張表情，如今卻令人觸景傷情。

「一陣子不見妳就長大了耶——小沙沙氏？」

「……！」

我衝動地將彼方小姐抱了滿懷。沒和這個人見面的短暫期間，我的身高已經突飛猛進——

「等……等等啦！」

因此情況變成是我撲倒了個子嬌小的彼方小姐，還把臉埋在她胸口。

「嗚……嗚……呼……彼方小姐……！」

而她還願意默默地，輕撫沒禮貌的我的頭。

簡直有如真正的姊姊那般。

「……彼方小姐……這裡沒有任何人了。」

「……嗯。」

「……大家都解散了。」

「……嗯。」

「彼方小姐……妳也不會再來了嗎？」

「哎。因為我覺得，現在是自己一生中非得加把勁努力的時候——所以我不會再來了。」
「……是……這樣啊。說的也對……」
她現在已經正式出道成為職業漫畫家，這次的作品好像決定要改編動畫了。
以後彼方小姐應該會變得根本沒空和過去的同伴玩才對。
我明白說這些話只會使她困擾，即使如此還是不能不講。
「……我在這裡，是孤單一個人。我好寂寞好寂寞——已經快哭了。」
「可是，妳打算做些什麼不是嗎？妳有說過吧？妳說絕對會給她好看——那句話是說給小香香氏聽的吧？」
看來我的想法，根本都被師父摸透了。
所以，我坦然說出自己藏在胸口的脆弱決心。
「我想創立新的社團。像大家以前為我做的一樣——這次換我來讓同伴見識有趣的事情。我想和新同伴一起玩，並且成為朋友。」
這一次，我要用自己的力量，來守護屬於大家的地方以及我的歸宿。
「然後我要讓『小小庭園』的所有人都看到，我要跟他們說：『怎樣！這就是我的同伴！』」
我有股過於庸俗而且孩子氣的對抗心。那是對於一度出現在眼前，卻沒有掌握住，如今已經完全失去的東西所懷抱的渴望。暴露出來的欲求，正在我胸口裡燃燒著。

「在下不是那麼了不起的人啦！在下一直都是隨意地做自己想做的事情而已。」

——對京介氏吐露的那句話，無論何時都代表我的真心。

因為我無論何時，都只是為了實現自己膚淺的欲望才拚命努力。

「不過——我沒有自信。再說我根本不覺得自己能代替姊姊的位置……」

實際上，我就是沒有辦到，所以大家才會離我而去。

我有決心，也有熱情，即使如此，至今卻還沒踏出第一步，就是因為我不信任自己。

「個性內向又容易害羞、連講話都無法好好看著別人臉的我……還想擔任社團的代表……我懷疑自己能不能辦到。」

聽了這些沒意思的話，彼方小姐揪住我的雙肩，使勁將我拉開。

「……這樣啊。」

她直接坐起身，我們兩個變成坐在地板上望著彼此。

「我放心了。」

「咦？」

「因為就算我說『妳辦不到，早點放棄吧』，妳還是會去挑戰吧？假如妳知道絕對會失敗，妳還是會去挑戰吧？因為妳已經決定好了。」

對於說什麼都沒用的人，根本沒有建議可以給呀。

彼方小姐如此笑道。

她用和以前相同的口吻，將從未有過的嚴厲話語，深深地紮入我心中。

「……說的也是呢。」

不過，我感覺到勇氣湧上來了。

畢竟就像她說的一樣。

結果我只是在煩惱自己早就決定好的事而已。

我帶著撥雲見日的心情說：

「……感謝您，師父。」

「師父？唔哈！聽起來不錯耶——『我沒有可以教的招式了。妳已經獲得老夫的所有真傳～』感覺我是不是該這樣說啊？」

「是的，感覺就像這樣——最後您能將象徵獲得真傳的奧義書賜給我嗎？」

「哎呀，是應該給妳才對。失敬失敬。」

彼方小姐拿下了戴得像髮箍一樣的圓眼鏡，將那緩緩地擺到我頭上。然後，她用和我初次見面時相同的口吻說：

「此乃可以改變人生的魔法眼鏡是也。妳務必珍惜使用。」

「——遵命。我會心懷感激地使用——是也。」

我們的互動就像在開玩笑。如此這般地，我繼承了彼方小姐的圓眼鏡。

我想各位都已經察覺了——彼方小姐最常使用的「月見里ganma」這個角色，正是「沙織・巴吉納」的原型。

不，這樣講有些不對。若是更精確一點的說，過去那個約由十名男女所組成的御宅族社團「小小庭園」，由我試著獨自重現以後，才誕生了「沙織・巴吉納」的面貌。

假如在各位之中，曾經有哪位對沙織・巴吉納給予肯定的評價……讀到這裡說不定會覺得幻滅呢。

為了取回以往的樂園，不像香織姊姊那樣具備領導才能的我，便從崇拜過的人們身上擷取各種特質，拼湊出一張難看的面具。

這就是沙織・巴吉納的真面目。

可是我不會後悔。

因為我醜陋的掙扎已經結出成果，讓我和迷人的同伴們結下羈絆了。

「……雖然，我是這樣想啦。」

「咦？什……什麼？妳剛才講了什麼話？」

穿著時髦夏裝的小桐桐氏，從圓桌的另一側，對我的自言自語起了反應。

在她兩旁，穿短袖襯衫的京介氏，以及穿哥德蘿莉服的黑貓氏，果然也對我的話顯得戰戰兢兢。

穿洋裝且露出素顏的我，「唉」地嘆了口氣，別過臉龐。

「哼，什麼也沒有啊。只是我一直以為各位是最棒的同伴，卻發現其實或許並不是那樣，才受了些刺激而已。」

「……唔……喂……我才想說她怎麼突然用素顏見人……槙島小姐真的在生氣喔。」

「……似……似乎是呢。我第一次聽見沙織說刻薄話。」

「——那邊，你們嘀嘀咕咕地說什麼？」

我冷冷把話拋下，氣勢十足地重新面對他們。京介氏和黑貓氏都語塞地低下頭。

——時值九月。黑貓氏的「搬家騷動」剛發生後——今天我們幾個，正聚在秋葉原ＤＡＩ大廈附近的喫茶店。

要問到我為什麼會進入說教模式——

「你們最近太冷落在下了是也！」

簡單來說就是這麼回事。

「冷……冷靜點，妳語氣變奇怪囉！」

「囉唆！我正在生氣喔！」

比如黑貓氏跟京介氏告白的事、為了搬家而轉學的事、以及可想而知會由小桐桐氏掀起的種種問題、還有黑貓氏疑似有什麼企圖這一點——

到這邊為止，我都聽黑貓氏本人事先講過，而且關於轉學的事，她也做了聲明：「這些我要自己講。」要在下別告訴其他人。可是，黑貓氏居然是在策劃那種蠢作戰——這誰能想像得到啊！而且——

「明明社團面臨崩潰的危機，還沒有人來找在下商量！這是怎麼回事呢！」

「誰叫……妳在上一次的假男友風波，不就已經煩惱得處理不來了嗎？這樣我怎麼好意思跟妳說？」

京介氏說起藉口。

咕唔唔……我……我當然明白啊！你們是擔心我操煩過度，才索性不講。

不過，會火大的事情就是會火大！

「……像那種千瘡百孔的計畫，要是先找我商量，立刻就能幫你們解開誤會的……」

「妳說千瘡百孔……哎，雖然現在回想起來是那樣沒錯啦。」

小桐桐氏一副尷尬地說：

「黑貓不在的時候，假如有解開誤會，說不定我到目前還是在忍耐。」

「不！」我斬釘截鐵地斷言：「只要各位當中有一個人來找我商量，我想事情就能更順利地，在所有人負擔都減輕的情況下軟著陸了！」

「……抱歉。」、「對不起。」、「……是我不好啦。」

伴隨著謝罪，同伴們低下頭。

看著他們那副樣子，我心裡變得難過了。

畢竟，只要找我商量就能處理得更順利——這段話根本有一半以上是虛張聲勢。照實際情況來想，假如這次的事情我答應陪他們商量，也許就會像同伴們擔心的那樣，使我操煩到身心崩潰。我的精神就是脆弱到那種程度。

即使如此，我還是希望能被依靠。

我想成為同伴的助力，他們卻顧慮到我所承擔的煩憂，沒有人肯依賴我。

我好不甘心。自己這樣太沒用了——所以這股湧上的不耐與憤怒，肯定是針對著沒出息的自己才對。

咕唔唔唔唔唔唔唔唔唔唔唔！

我明明是大家的領袖！為什麼卻這麼不中用呢——……

磅！

「我……我騙你們的！」

我衝動得大聲拍桌叫道。

「咦？」

由於事出突然，同伴們全都愣住了。

「我剛才說的有一半以上是謊話！假如你們來找我商量，我大概已經狼狽得奄奄一息了！所以各位的判斷是正確的——根本不需要和我道歉。」

我老實招認了。因為追根究柢，就是為了這麼做、為了毫不虛飾地傾訴真心——槙島沙織才會卸下面具，用素顏迎接這個場面。

觀察別人情緒的細微動靜、判別場合氣氛，是我的天分。

「不過。」

這項讓人不太中意卻又視若珍寶的技能，被我阻絕在意識之外了。我並沒有觀察氣氛，順著內心開口說：

「就算事情那樣我還是很氣！唔～每次回想，肚子裡的火就會冒上來！」

「……妳……妳兩眼發直了喔。」

「哼，不管啦。我不在的時候，同伴居然面臨危機，我不能接受。而且上次騷動明明才剛解決，發誓要和睦相處的嘴巴都還沒有乾，你們就掀起更大的騷動！真……真是夠了～～！你們這些傢伙都一樣，到底什麼意思是也啊～～～～！」

我握緊雙拳站了起來。

面對我的兇勁，小桐桐氏膜拜似地雙手合十說：

「所以才要向妳說對不起嘛！我們都有在反省！」

「那句台詞我之前也聽過咩！」

「妳……連『咩』都講得出來。」

「……看來她完全失控了。認命吧。」

「黑貓氏是笨蛋！小桐桐氏是呆子！京介氏是花心男～～～～～～！」

仔細一想。

我好久沒有像這樣傾盡全力用真心和他人相處。

肆無忌憚地抱怨完以後，我喘得肩膀上下起伏。

「呼……呼……」

「……妳……妳冷靜下來了嗎？」

「沒有！」

對於京介氏的發問，我用力搖起頭。

磅！我打開了之前在「傳喚說明」階段中，從黑貓氏那裡要來保管的證物——《命運紀錄〈鳳凰篇〉》，讓眾人看清楚。

「黑貓氏。」

「……怎……怎麼樣？」

「妳說過……畫在最後這一頁的圖，就是妳理想中的世界，對不對？」

幸福的用餐光景。京介氏、小桐桐氏、以及黑貓氏齊聚一堂的——理想世界。

「是……是啊……沒有錯。」

那又如何？這麼回嘴的黑貓氏顯得略有怯意，而我笑瞇瞇地問她：

「在下人呢？」

「…………」

黑貓氏目光閃爍不停。連續眨眼的她別開視線。我則依然淺淺笑著問：

「在下不被需要是也？」

「不……不是啦……這其中有很深的因素……」

是喔。那我就洗耳恭聽吧。黑貓氏咕嚕吞下唾沫，然後用白皙指頭指向「理想世界」的其中一點。

「……這張桌子底下，有貓——妳看是一隻黑貓對吧？」

「有呢。那又怎樣？」

「呵，我也不必隱瞞，這隱喻的就是妳。假如把妳大刺刺的御宅族打扮直接添加在我想描繪的插圖中，不是會讓氣氛急速變蠢嗎？這是為了避免破壞氣氛而做的措施。」

妳毫無遮攔地講出來了對不對？妳說把我加在畫裡面會讓氣氛變蠢對不對？

但這似乎不是即興編出來的藉口。她那張得意的自豪臉色就是證據。

舉止宛如占卜師的黑貓氏自信地點頭，道出結論說：

「請妳這麼解讀：這隻貓體內，有我以前重要的朋友——沙織，將靈魂附身在其中。」

「在黑貓氏的理想世界中，在下已經死掉了是也嗎！」

「牠體內的是生靈。」

「所以在下的本體大有可能快沒命了！」

「……只要有意願，妳還是能吐槽的嘛。」

京介氏對我表示佩服。今天的我，真的不太對勁。想法和語氣都亂成一團。

正當我氣得悶聲咧齒時，黑貓氏一副「要求真多耶」的表情，不以為意地朝著黑色筆記簿下了筆。

「這樣如何？」

黑貓氏身旁的小桐桐氏說著「我看我看」探頭過來，然後「噗！」地噴出笑聲。

滿懷不祥預感的我也跟著探頭——

畫當中的貓變成了@@ω這副長相。

「黑貓氏！誰叫妳把牠改成人面貓啊！」

我抓著黑貓氏的肩膀前後猛晃！當然對方會因此變得沒辦法好好講話，黑貓氏任我擺布之餘，嘴裡還冒出意義不明的話語，感覺像是：「妳妳說說說…什什什什…麼麼麼…呢呢呢？」

看我們兩個這樣，京介氏和小桐桐氏——

「……噗。」、「咯咯咯。」他們的表情，從抿嘴笑變成「噗哈！」地爆笑出來。

「……你……你們笑什麼？」

「沒有，抱歉啦……！可是。」

「總覺得，就是很有趣——」

小桐桐氏一手湊在嘴邊，抿著唇忍住笑意說：

「誰叫妳不太會像這樣顯露出情緒對其他人生氣。再說，這跟之前那種陰沉的感覺又不一樣——嗯。雖然講這些話好像會惹妳更生氣就是了。」

小桐桐氏的表情由含笑變成微笑，這麼對我說：

「總覺得，妳對我們少了客套的感覺，好高興喔。」

「……」

我放開一直抓著的黑貓氏領口。

「哼！」

生氣間，我鼓起臉頰。就算你們營造出溫馨場面的氣氛也沒用喔。

因為我才不會這麼簡單就原諒你們

而這時候，傳來了一陣令人過於意想不到的聲音。

「怎麼怎麼，我還想是哪個聲音耳熟的傢伙在大呼小叫——這不是我妹妹嗎？」

「咿！」

我朝聲音傳來的方向猛然回頭，怎麼會有這種事呢？我身後，就坐著那位在這種時候我最不希望見到的黑髮美女。

打扮隨性，穿著破壞牛仔褲和印刷T恤的她是——

「嗨，沙織。一陣子不見，妳好像變得很有精神。」

「呀啊——！香織姊姊？」

跳腳的我發出尖叫。

將「香織姊姊」這句話聽進心裡的同伴們，也都反應激烈。

「她說的香織姊姊……」、「我記得是……」、「沙織的姊姊嗎！」

「對啊，我是。」

依然坐在椅子上的姊姊將身體轉向我們，笑著露出發亮的犬牙。

她用大拇指比向後面說：

「其他人也在喔。」

姊姊指去的圓桌那邊——湊齊了許多令人懷念的面孔。

「嗨！好久不見了耶，香織的妹妹——等等，好高！才幾年未免長太多了吧！唔哈……我在少年ＭＡＧＡＺＩＮＥ別冊的封面，有看過妳這種體格喔～以後我要叫妳『進擊的沙織』啦。」

「午安～巴吉納上尉♪感謝妳平時的惠顧。」

「呵呵呵，其實我們在comike之類的場合滿常見到面～對吧，小沙沙氏？」

那些人，全都是「小小庭園」過去的成員。

「……你……你們。」

面對紛紛開口打招呼的成員們，我瞠目結舌。

雖然以個人為單位，有機會碰到面的人也不少……但我沒想到這個班底居然能夠再度集結。儘管實在達不了全員到齊的地步……可是主要面孔都有列席。

「為什麼……各位會齊聚一堂？」

勉強將「事到如今」這個詞吞回去的我，這麼開口問道。

於是乎，姊姊乾脆地給了我答覆。

「因為這是我的社團啊。只要我說一聲，大家當然會聚集過來吧？」

姊姊的聲音相當久違……

不過我好火大～～～～～～～～～～就各種層面而言！

哼，這也算人之常情吧。以前無論我怎麼努力都阻止不了社團解散，光是姊姊一句話就讓它復活了。

彷彿被迫重新見識到槙島沙織和槙島香織之間的差距。

「姊姊……妳在這裡做什麼？」

心知肚明的我一問，姊姊回答得可開心了……

「我來跟大夥們網聚啊——那妳呢？」

「我是來和同伴們網聚——真巧呢。」

露出敵意的我把臉湊近，迎擊般地回瞪姊姊。

唉，即使像這樣虛張聲勢，才剛被她目擊我對同伴們說教的現場，現在無論怎麼粉飾都是我徹底輸了。啊啊，真不甘心！

「我沒有打算做介紹。畢竟我們已經要離開了。」

在我不服輸地講完以後，回答「這樣啊」的姊姊將眼睛瞇成弓型說：

「保重囉。哎，雖然也用不著我講啦。」

「當然了。像姊姊這種薄情的人，要去哪裡都無所謂。」

對於我的挖苦，姊姊留下一抹苦笑站起身。那瀟灑俐落的站姿，帥氣又令人崇拜得依然如故，一瞬間不禁讓我看得入迷。

領隊者帶頭離席後，椅子的聲音「喀噹喀噹」地接連響起。「小小庭園」的成員們跟在香織姊姊後頭，向店外走去。

此時，有幾個人對我們開口：

「下次見囉，上尉、大哥哥～♪」

「掰掰～小沙沙氏，謝囉。小桐桐氏，要再來買我的本子喔。下次那邊的可愛夜魔美眉也一起來吧♡」

如此看來，「小小庭園」的成員們似乎打算比我們先回去。

即使見到以往同伴們的身影，我也已經不會再陷入落寞之中了。

因為現在的我，也有一群可以用全力吵架的同伴。

「唔……為什麼那個人會在這裡……？」

「……咦？那個人剛才叫我再去買她的本子……我們有在哪裡見過嗎？」

「叫我『夜魔美眉』？居然敢用那種方式稱呼我這套『夜魔女王』的衣裳……那女的真是不知好歹。」

在秋葉原，與認識的人相遇機率異常高。

等一行人出去之後——只有其中一名成員快步趕回我們這裡。

和以前相比，她那身時髦的服裝有如改頭換面。她沒有綁頭帶，也沒戴圓眼鏡，更不會將紅襯衫的衣襬塞進牛仔褲。

僅有她的形象色彩，還跟當時印象中一樣是紅色。

不論過了幾年，彼方小姐用依然純真如稚子的態度，如此向我問道：

「我有件事忘記問——小沙沙氏，妳達成目標了嗎？」

我聳肩回答：

「誰知道呢？我根本不覺得自己有追上那個人。我總是軟弱無力，而且扶不起——感覺都快要變得討厭自己了。」

即使如此，我仍有一點可以挺胸自豪。

「不過，我找到了珍貴的同伴，所以肯定不要緊的。雖然沒任何根據。」

「沒任何根據嗎？」

「是啊！」

我精神十足地答道。

其實那是謊話。我有根據。因為姊姊讓我看到了，一度曾四散分離的同伴們，在歷經數年後仍對彼此歡笑的模樣。

我才不能輸給他們……對不對？

「……妳已經不戴我那副眼鏡啦？」

「不是，我只是今天剛好沒戴而已。」

「這樣啊。如果妳不需要了，就轉讓給其他人吧。」

「好的，近期內我會這麼做。」

以往在社群中，唯一能讓我稱為朋友的人，正要離去。

目送完那道背影，我背對她，回頭轉向自己的同伴們。

我臉上——戴起了圓眼鏡。

「好啦！要補償受到冷落的在下，你們都必須奉陪喔！」

過去我曾發誓，非得讓可恨的那個人好看，如今這項目標已經褪色。

取而代之懷在胸口的，是新目標。

為了與夥伴們同在，不成熟、無力且無藥可救的我，決定多模仿變色龍一陣子。

有沒有眼鏡，遲早會變得無關緊要。

因為我認為不管用哪張面孔，與大家在一起時的「在下」，全都是真實的我。

〈突擊！乙女路〉

我的名字叫高坂桐乃，是個太過可愛又有著妹控哥哥的妹妹。

要提到這樣的我，目前正在做什麼——

「噹噹！桐乃，這裡就是少女的樂園，池袋唷！」

「喔～～～～」

我和最近剛認識的御宅族朋友——小瀨瀨，兩個人來到了乙女路。

朝右邊看，是聳立入天的Sunshine 60大樓，正面則有安利美特的藍色招牌。

「喔喔……這裡就是少女的聖地。」

「嘿嘿～這附近對我來說就像主場，交給我帶路吧！」

咚。小瀨瀨用手拍在大得讓我羨慕的胸部上，一陣波濤洶湧。

小瀨瀨的本名叫赤城瀨菜，還是個有著超級妹控哥哥的妹妹。我會和她意氣相投，其實也是因為之前在夏Comi互相抱怨過自己哥哥的關係。

她和我有滿多地方合得來，算比我大一歲的御宅族同伴，對ＢＬ類遊戲非常熟悉。

老實說，我對ＢＬ不是那麼有興趣，但我也沒什麼資格講別人嘛。再說我也想來這條所謂的乙女路；而我唯一玩過的ＢＬ遊戲「鬼畜大哥（誤以為是妹系遊戲才買的）」，以內容來說也滿平易近人——

「唔……喔……也有這種東西啊？」

這麼想的我，玩得還滿高興。然後呢，當小瀨瀨機關槍似地在電話裡和我聊ＢＬ話題聊到一半，開始讓人覺得有點煩的時候，我忽然想起那款遊戲，就這樣說了出來：

「有款叫鬼畜大哥的遊戲，我是玩過啦。」

「妳正是我的朋友！」

我還以為鼓膜會被她震破。

「鬼畜大哥」的遊戲名稱，讓小瀨瀨豁了全力表示出興趣，而且順勢將ＢＬ話題講得更順更久——

「我們走吧，桐乃！明天放學後，到我們的聖地去！」

所以不知不覺中，事情就變成這樣了。

縱使沒秋葉原那麼壯觀，池袋街上也有許多漫畫、電玩專賣店、以及同人代販店舖，另外還有Sunshine商圈跟電影院，所以我覺得這座城鎮對御宅族女生來講真的很棒。況且興致來的時候也可以看看衣服之類的嘛。

於是呢，哎，我就和小瀨瀨進攻乙女路了，不過在這裡我會將敘述的時間往後稍微推進一點點。要問為什麼，那是因為小瀨瀨一直都很吵。

全部省略似乎也不太好，假如只公開一部分就像這樣——

「最近我迷上了mascherа的原作！」

「啊，月見里老師那部嗎？我只認得那個人畫的梅露露同人耶。聽說那跟她畫mascherа的畫風差很多不是嗎？」

那是位會在同人與商業場合改變畫風的漫畫家，這部分要讓黑貓表示意見，她似乎是說：「那樣有迎合商業主義的感覺，我不喜歡。」現在回想起來，一年前夏Comi打算去見月見里老師的時候，黑貓之所以會分開行動，說不定就是因為對mascherа的原作者抱著複雜心結，才不想見到對方吧。

呃，雖然我覺得那傢伙也喜歡原作的漫畫。

當我聊到月見里老師的話題，小瀨瀨便把臉使勁湊了過來。

「對啊對啊對啊對啊！就是說嘛！我都沒想到動畫版會強化ＢＬ要素！赤城瀨菜一生最大的失策！五更同學要是有跟我說就好了！順帶一提，女王在動畫第二季還闖進路西大人和小真夜之間耶，桐乃妳覺得怎樣？我個人認為絕——對不合適啦！這部分我跟五更同學的意見真的是徹底分成兩派，可是背叛了期待路真配的觀眾，對誰有好處啊？就是因為抓不到粉絲這方面的心理，第二季才會毀掉嘛。妳不覺得嗎？」

聽到這裡時，我已經開始覺得小瀨瀨囉唆了，不過實際上在這之後，她又聊類似話題聊了大概有十倍之久喔。

小瀨瀨是朋友我還可以接受，但是御宅族為什麼就愛單方面地拚命猛講話呢？要是他們能多看看別人的臉色就好了。像我一樣。

像這樣逛完一圈店家後，我們抱著戰利品，來到了位於Sunsine商圈的咖啡店稍作休息。這是小瀨瀨推薦的購物路線。原來如此，來乙女路的腐女子小姐們，就是這樣買東西的啊。

我們面對面啜飲果汁，一面偷偷地朝彼此展示戰利品。

話雖如此，我買的全都是小瀨瀨推薦的貨色就是了。

「嗯。總之最低限度只要先掌握這些，以入門篇來說就行了吧。在下次見面之前，請妳先各讀兩遍喔。因為這是功課。」

「……功課。」

真是強迫人耶

算了，好不容易把東西買回來，我是會看啦。

眼鏡發亮的小瀨瀨又說：

「等妳通過入門篇……接著就是實踐篇了。到時讓我借妳更深一級的貨色吧。」

「……我順便問一下，那些東西全都是妳自己買的嗎？」
「唔～大部分都是我拜託哥哥買回來的。」
「……妳……妳會叫妳哥幫忙買ＢＬ商品啊？」
不太妙吧？這不太合理吧？
「什麼啊？桐乃妳還不是請高坂學長幫忙買成人遊戲回家？」
「是……是那樣沒錯啦！不過這跟那狀況不一樣吧？」
「一樣喔。」
「就說不一樣嘛。畢竟小瀨瀨妳要的是ＢＬ類的東西耶。難道……妳哥是男同性戀嗎？」
「嗯！」
她回了個神清氣爽的答覆！
「真的假的！」
「我哥正是萬夫莫敵的正牌男同性戀。」
小瀨瀨把她哥形容得好像已經達成百人斬。
好可怕！
大聲聊著男同性戀的我們，正受到周圍客人的注目——我才這樣想，卻發現周圍那些人也興高采烈地聊著類似的話題。

Sunshine商圈，可畏也。希望是今天碰巧這樣而已。

對於全方位都能聽見的腐敗話題，我只能露出緊繃的笑容。

「……這樣喔。」

「就是這樣啊，咿嘻嘻嘻嘻。」

害羞的小瀨瀨顯得很難為情。

「咦……那個……可是妳哥……和我家那個不是滿要好的嗎？」

「話說那兩個人，已經在交往了喔。」

「真的假的！」

「超級真的！」

喀噹！彼此拍桌的我們從位子上站起來，形成在極近距離下，幾乎讓額頭貼到一塊的互瞪態勢。

咦……不會吧？不不不。不不不不不。

「……妳騙我的吧？」

「我說真的啦！桐乃妳沒辦法相信我嗎！」

為……為什麼她可以這麼自信十足！儘管就常識來想絕對不可能，但被她用這種方式斷言，我也會開始覺得「咦……該不會？」不是嗎！

「因……因為……京介那傢伙也很平常地在跟女生交往啊。」

哎，雖然他們現在該說是已經分手……或者名義上沒有在交往就是了。

而且那傢伙也說過啦。他說在我交到男朋友之前，都不會交女朋友。

所……所以——

「男……男生之間哪有可能會交往嘛！」

「天真！妳被常識拘束過頭了！並非只有眼睛看到的才是真相喔。」

小瀨瀨緩緩拿下眼鏡，將雙眼猛然睜開。

「……只要將精神鍛鍊敏銳，妳肯定也能『看見』……那股圍繞在妳哥身上，壓倒性屬於『受方』的氣息！」

「妳……妳說『受方』的……氣息……？」

這傢伙講什麼啊？

縱使聽不懂她說的是什麼意思，我仍感受到一股詭異的壓迫感。據說有某個廚二病患者幫小瀨瀨取了「魔眼使者」的外號，或許那意外地指出了她的本質。

呼吸急促的小瀨瀨一邊擺出奇怪的噁心姿勢，一邊開口道來：

「沒錯——他具備著想讓人為其戴上貓耳的受屬性，同時又逐漸超脫我設想的『赤×京』，連單戀屬性都快裝備上去了……妳哥就是這樣的超戰士喔！」

「抱歉小瀨瀨！我已經跟不上了！」

倒不如問，這個世界上有人能跟得上這樣的對話嗎？

這和御宅族到秋葉原會活性化一樣！

腐女子待在池袋時，戰鬥力似乎會變十倍。哎喲，哎喲，我不應該獨自跟來的，假如至少有黑貓在……！

保……保險起見，之後我想還是跟京介問一聲：「聽說你和小瀨瀨她哥在交往，真的假的？」不過在那之前——

「要……要不要聊別的？」

我用全力帶開話題。

「什麼別的？」

小瀨瀨愣著反問我。

她的臉訴說著：「除了ＢＬ以外，該在池袋聊什麼？」

這是個難題。為了改變話題，非得想出和ＢＬ同樣能引起小瀨瀨興趣的話題才可以。思索一會以後——我想到了。

「妳……妳現在有沒有喜歡的人？」

「這個啊！請妳聽我說喔！」

腦內影像

魚上鉤了！反應顯著！和之前聊到「鬼畜大哥」的時候同等或者更上一級！

用手拍著桌面的小瀨瀨要我仔細聽，同時也開始讓嘴巴那挺機關槍開火。

「怎麼說呢，我最近和哥哥超尷尬的！他會格外意識到我，感覺好噁，不過我對哥哥那樣感覺還是很介意，所以就在想要怎麼辦。」

剛……剛才我是替戀愛的話題作球，她居然開始聊她哥……！

這傢伙正是萬夫莫敵的兄控妹呀！

「妳……妳說他在意妳，可是小瀨瀨的哥哥是男同性戀吧？這樣不是很怪嗎？」

「是沒錯啦！妳聽我說嘛！」

磅磅！依然拿下眼鏡的小瀨瀨敲起桌子。

……這……這傢伙沒救了。光理論出現破綻，她似乎還是沒有意願停下機關槍快嘴。以女生來說這算滿常見的狀態異常，因此我決定乖乖陪她聊。

「妳和哥哥發生過什麼事嗎？」

「關於這個……呃……妳別說出去喔，好嗎？」

「當然。」

我微微點頭。於是小瀨瀨悄悄地，將嘴巴湊到我耳邊——

「……我親了我哥。」

「噗！」
我噴笑出來。
「怎……剛才妳說什……什什什麼？」
「親……親的是臉啦！臉而已！」
「什……什麼嘛，臉喔？親臉的話就是那次吧……！有用手機拍的那次！」
「對，就是那次。」
假如是那件事我就知道。誰叫京介一副羨慕的模樣。
「嚇……嚇我一跳。還以為妳說的是嘴親嘴……！」
「哪有可能啊！那……那樣很噁耶！」
小瀨瀨用力搖頭。我嘀咕說：
「……可是我覺得親臉也夠噁了。」
「唔……！妳……妳還敢說？桐……桐乃妳自己還不是和哥哥拍了親密的大頭貼合照！我都有聽我哥說！」
「那……那件事拜託妳忘掉！那算黑歷史！總之就是黑歷史……！」
「嘿～是喔？那妳為什麼現在還把合照的大頭貼貼在手機上？」
「唔……！這……這是因為……！」

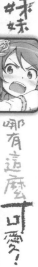

當我擺著緊繃的笑容想找藉口時，小瀨瀨愕然地睜大眼睛。

「咦……妳該不會真的有貼吧？」

…………

「妳……妳拐我！」

「是……是因為高坂學長說妳有把大頭貼合照貼在手機上，我才想難道是真的……唔哇……不敢領教耶。」

「吵死了！跟妳說不是那樣了嘛！」

「咦～不然是哪樣？」

「我貼那個，只是為了讓他明白本身妹控的程度有多噁而已。所以噁心的是他，不是我。相反地，小瀨瀨是主動去親妳哥的，因此是妳自己噁。ＯＫ？」

「妳那什麼亂七八糟的道理啊！的確，我算滿噁的也說不定，可是就妳沒有資格講我啦！倒不如說要跟我哥比，高坂學長根本就沒有多妹控嘛。」

「啥！——妳講什麼啊？才沒有那種事。跟小瀨瀨的哥哥比，那傢伙超妹控的。」

「我就說不可能了！因為我家的哥哥可是喜歡我，喜歡到肯幫我排隊去買深夜發售的正牌男同性戀遊戲喔？」

「那……那算什麼！我還不是有叫他幫忙買成人遊戲回來！而且他還趕不上最後一班電

車，可是又沒辦法等到早上，結果那傢伙就和親切的人借了痛單車，從秋葉原飆回千葉喔——都是為了超喜歡的我！這樣不算厲害嗎？超妹控的吧？」

「唔…我……我哥還曾經在秋葉原的成人商店，想過要買和我長得一樣的love doll喔！」

「love……！」

她說的love doll，就是那種——質感超逼真的真人比例娃娃吧？那不就表示……

朝著講不出話的我，小瀨瀨胸部晃動生波地說：

「怎麼樣？夠妹控吧？」

「那傢伙不叫妹控，只是個變態啦！」

應該立刻逮捕他才對！我不騙妳！

「妳居……居然說他變態！妳怎麼這樣說別人哥哥啊！妳哥那樣才沒有資格說別人。因為他每次碰見我，都有意揉我胸部喔？」

鼓起臉頰的小瀨瀨遮住自己胸部。

「他……他只是裝個樣子而已吧！」

「才沒有，我說真的。那個人在學校的外號是『性騷擾學長』，之前還對我說過：『小心我揉妳胸部唷，這隻母豬。』……」

「呼嗯。」

假如是真的，我就幹掉那傢伙。

想都沒想到，我們兩個會變成在較量「誰的哥哥更加妹控」。

深信自己占了優勢的小瀨瀨，滿臉得意地又補上臨門一腳：

「哼哼～就像我說過的嘛，和被其他女生迷得團團轉的高坂學長不一樣，我哥對我可是非常專情。這已經可以算我哥贏了吧？」

「要是根據我從京介那裡聽到的，妳哥好像有說過，他想跟綾瀨結婚喔？」

「綾瀨是誰！」

「模特兒。我同學，有和我一起刊在雜誌上，妳沒看過？」

「啊——！那個！是那個傢伙嗎！我知道啦，混帳！可……可是！」

「呼呵呵，他不是專情的哥哥真遺憾對不對？小瀨瀨？」

「其實妳個性很差吧！桐乃！」

「沒那種事啦。」

「就是有！唔唔唔……既然這樣，要比就比個徹底！反正我哥絕對比較妹控嘛！我有多得和星星一樣的妹控插曲可以證明……」

朝著蓄勢待發的小瀨瀨，我不以為意地說：

「呼嗯。順便告訴妳，我說我討厭那傢伙交女朋友，結果他就和對方分手了。」

「啥！」

小瀨瀨嚇得幾乎眼睛蹦出來。

「妳說的女朋友……是指五更同學？」

「嗯。」

「不合理啦！雖然我覺得妳絕對在騙人，但如果是真的，根本超不合理嘛！」

「還有之前，他曾經趁晚上摸過來找我。」

「呼耶？」

「我去留學的時候，他還特地飛到美國，哭著說沒有我他會死掉……」

「……………………」

小瀨瀨沉默了。

間隔幾秒以後，我低聲問她：

「問妳喔……妳聽了覺得怎樣？」

「我……」

「我要去跟哥哥告狀啦啊啊啊啊啊啊啊啊啊啊啊啊啊啊啊啊啊啊啊啊啊啊啊啊——！」

用全力惱羞成怒的小瀨瀨逃走了。

我傻眼地目送她說：

「……跟……跟他講那些，是打算做什麼……啊！她該……該不會是想叫哥哥對她做更誇張的事情……！」

於是我妄想起赤城家裡有如成人遊戲般的發展。

那之後過了幾天，小瀨瀨在某天放學後用Skype找我講話。

「哈囉桐乃！妳有沒有pixiv的帳號？」

她一開口就這樣問。

「有是有……那又怎樣？話說妳之前忽然自己跑回家，太過分了吧？」

「對不起！我也想要和妳道歉！不過請聽我說啦！」

看來，她似乎有事很想告訴我。

「其實我最近，和在pixiv認識的繪師用繪圖聊天室聊過。然後就請對方幫忙畫了許多圖喔。呃，所以——哎喲用看的比較快啦！請妳看看這個網址裡的插圖！」

「……？這個？」

我毫無疑心地，點下顯示在交談畫面的網址。

冒出來的是男同性戀圖片。

「……給我看這個要怎樣？」

「咦？妳認不出來？」

「沒有……我知道受方是京介。」

所以她為什麼要拿這個給身為妹妹的我看？

我只覺得這算找碴就是了。然而小瀨瀨卻一副「奇怪了奇怪了？」的態度問說：

「咦？妳真的認不出來？」

「看不懂啦。話說攻方的帥哥角色是誰？妳不是喜歡看自己哥哥和別人攪在一起嗎？」

「其實我不小心想到一組能夠匹敵赤×京的新配對。」

「好好好。」

她想炫耀對吧？這我是聽得出來啦。

「所以另一邊的帥哥是誰？反正妳是找認識的人當藍本吧？」

那個角色有頭褐髮、高個子、長得美形，不知為何還戴了髮夾——

「他是桐乃弟弟。」

連我都覺得自己問的語氣很呆。

「什……什麼？妳剛才講什麼？……再說一次？」

「容貌端麗、課業優秀、運動全能。但卻具備弟萌屬性而沉迷在ＢＬ遊戲的御宅族弟弟。他的名字就是桐乃弟弟。」

隔著耳機，我聽見恐怖的笑聲「唔呵呵呵」地傳來。

「他用人生諮詢的名義，趁機對哥哥做出了色色的事情喔。」

「喔什麼喔！為……為什麼會變這樣！」

「之前，因為妳講了一大串恩愛的事蹟，靈感就閃過我的腦海了！把桐乃進行男體化之後的桐×京！原來還有這招！真應該吹口哨！」

妳這……！

「妳這腐女！想被幹掉是吧！馬……馬上把圖砍掉！」

「辦不到辦不到～誰叫這些圖扯上高超的繪師，已經廣泛散播出去了嘛。想徹底刪除一度上傳到網路上的圖，根本不可能喔唔嘻嘻。」

「滾回妳的腐海——！」

磅！

「嗯？」

呼、呼、呼、呼……

用手猛敲的我切斷Skype，喘得肩膀上下起伏。

「受不了……小瀨瀨……妳要怎麼賠我啊？哎唷……唉～心裡超創傷的……」

我洩氣地趴著嘆息。

……夠……夠了。忘掉這些吧。像……像這種……這種——

朝著電腦上顯示的「桐乃弟弟正要對京介出手」的插圖，我一股勁地持續瞪了很久。

〈鑄下大錯的黑暗天使〉

我是新垣綾瀨，桐乃的好友兼同學，同時也是和她一起當模特兒的夥伴。

這樣的我，目前正在自己房間講電話。

「咦～為什麼不行？下次演唱會叫那傢伙來嘛。」

和我通電話的，是同班同學來栖加奈子。這個女生也和我隸屬同一間模特兒事務所——現在的場景，則是我正受到她拜託某件事情。

「我……我不是說過了嗎？對妳性騷擾的事情穿幫以後，那個經紀人就被事務所開除啦。」

「那我之前就有聽說。可是加奈子又沒特別在意。講真的，那傢伙還比我現在的經紀人好耶。不能想點辦法嗎？」

聽起來，以前扮成「假經紀人」陪加奈子一起工作的高坂京介大哥，也就是桐乃的哥哥，似乎讓她相當中意。

那個花心男……到底對加奈子做了什麼？

「想……想什麼辦法？」

「看能不能讓他回來工作啊。」

「當然不行。」

「那用個人名義叫他來嘛。當作是我帶的朋友就好。」

「何必對他這麼……加奈子，妳那麼想見他嗎？」

「啥！不……不是啦！加奈子又沒有特別想見他……只不過……」

「只不過？」

「那傢伙……說他是加奈子的粉絲。一開始認識的粉絲，還是會想好好珍惜嘛。」

「粉絲？」

「嗯。他說我也許有當偶像的才能。我還滿高興的耶。」

感覺不好意思的笑聲「嘻嘻」地傳來。其實加奈子不習慣被人直接稱讚呢。

「所以我想說，就當成謝禮叫他過來也可以吧？我又不知道怎麼聯絡他，而且我連他名字都忘記了，不過無所謂啦。」

我從各種層面上「唉」地發出嘆息。

「知道啦……我姑且拜託看看。」

「真的嗎！謝啦綾瀨！愛妳喔！」

「……好好好，我也愛妳。」

切掉電話，我「唉～～～～～～～」地發出沉沉的嘆氣聲。

加奈子未免太高興了……不祥的預感接連湧上我心頭。

剛才隨口和她做了約定……但我現在哪有可能去拜託京介大哥啊？

由於某種原因，我和大哥目前正在吵架中……倒不如說，是處於我單方面拒絕他的狀態。

我實在沒辦法拜託他說：「你能不能幫忙去加奈子的演場會呢？」況且，我還在生他的氣！連話也不想跟他講。

可是該怎麼辦呢……？

「啊啊～～」

我在床上抱起腿，滾著側躺到旁邊。不管怎麼想，都沒有冒出好主意。

就在這時。嗶嗶嗶嗶，我的手機響起鈴聲。

是最近和我變得要好的迷人姊姊——田村麻奈實打來的電話。

「妳……妳好。」

「啊，是綾瀨嗎？晚安～」

「晚……晚安。」

我跪坐在床上，挺直背脊。不知道為什麼，聽了這個人的聲音，我就會端正自己儀態。感

覺很奇怪吧？她的聲音明明這麼平緩溫柔……不知為何，我就是無法不對這個人表示敬意。

「怎……怎麼了嗎？姊姊居然會打電話過來，好稀奇耶。」

「嗯？唔～關於這個呢，綾瀨。」

「是……是的！」

「之前妳不是說，妳和小京吵架了嗎？」

「——那件事啊。」

我的聲音一口氣急速下降到冰點。

先閉上眼——然後睜開。間隔了一秒，我才用認真的語氣開口：

「——姊姊……妳打算怎麼收拾她呢？對那隻……偷腥的貓。」

「我才……才沒有要收拾誰！」

「咦？現在不是要來擬定排除那隻偷腥貓的計畫嗎？」

「不對！妳……妳把我想成什麼樣的人啊？」

「姊姊是我應該視為典範的女性喔。」

「……妳到底是把什麼當成目標呢？」

麻奈實姊姊「唉」地嘆了口氣。

「總覺得，妳對我有奇怪的誤解耶。」

「會嗎？」

「會～我跟妳說，不可以開太聳動的玩笑喔。」

她和氣溫柔地對我糾正說「不行」。每次聽了這種聲音，都會讓我的狠勁消失無蹤。

「對……對不起。呃，那麼……」

「啊，正題嗎？」

「是的。」

「那個，妳冷靜聽我說喔。」

「小京他好像和女朋友分手了。」

「咦？」

咦咦——！

結束和麻奈實姊姊的通話後，我打給高坂京介大哥——桐乃哥哥的手機。平常只要一秒鐘就能接通的電話，今天卻偏偏要讓我心急。時間是晚上，所以他人不可能不在家就是了。

「……真是……他該不會在洗澡吧？」

隱隱約約有奇怪的想像跑出來，我急忙搖頭把那消除掉。這時對方總算才接起電話。

「喂？」

「大……大哥晚安！是我，不好意思這麼晚還打電話給你。」

「我不在意……所以，有什麼事？」

「沒……沒事就不能打電話給你嗎？」

「也不是那樣啦。不過……妳不是在生我的氣嗎？」

……奇怪？今天的大哥，感覺語氣好像格外地淡然……

啊，果然他還在介意……「之前那件事」。

我心中感到一陣刺痛。沒錯——就像剛才也講過的，我和大哥正在吵架，直到從姊姊口中聽到「那項事實」之前，我本來是處於連隨意打個電話也會猶豫不決的狀態。

他這種低調的態度，應該就是因此而來。換成平常，大哥聽見我的聲音肯定會瞬間冒出：「等妳好久了，綾瀨！」或者「聽到妳的聲音好高興！」……諸如此類色色的反應！

「……你今天沒有突然對我性騷擾耶？」

「我說過不會再那樣了吧？」

大哥語氣溫柔地說。

「——發生了許多事。我認為自己要正經點才可以……哎，感覺就這樣啦。」

「……是嗎。」

我咳了一聲，然後盡可能用聽起來親切的語氣開口：

「對了，大…大哥……聽說妳和女朋友……分……分手了是不是？」

「別一副很開心的樣子啦。」

「——沒……沒那回事啊。」

「儘管妳的情緒明顯很ＨＩＧＨ，但妳打電話過來，不是真的要嘲笑和戀人分手而沮喪的我吧？」

「才沒有那種事！我是有多邪惡啊！」

不過，要是被大哥那樣想就傷腦筋了。

因為，我非得彌補自己對他犯下的重大過錯才可以。

對——大哥會這麼沮喪，全都是我害的。

所以我不安慰這個人不行……！

「真的不是你講的那樣喔。呃……大…大哥，我想問你一件事……」

「怎樣？」

「……你……你會跟女朋友分手……果然，是我害的吧？」

「咦？為什麼？」

哎唷……還裝傻。真……真拿這個人沒辦法！

「最後一次見面時，那個……我不是講很多過分的話嗎？像是『騙子』還有『明明說要和我結婚的』之類……所以……我在想是不是因為那樣，才讓大哥無法釋懷。假……假如是的話，我覺得我非得賠罪才可以……！」

「啊，沒有啦。不是那樣喔。」

他給了十分自然的答覆。

哎唷……這個人就只會說謊。

「…………你是為了我，才和女朋友分手的吧？」

經過相當長的間隔後。

「……………不……不是耶。」

「你又來了。」

「沒有沒有，我說認真的。」

…………

「真……真的嗎？你和女朋友分手，真的和我沒有任何關係？」

「嗯。」

——原來如此。

眼中點燃漆黑火焰的我，握緊手機。塑膠機殼被我掐得咯嘰作響。

「綾……綾瀨小姐？」

「大哥！我有事找你商量！」

「商量嗎！為……為什麼妳突然感覺像在發飆啊！」

「誰理你啊，笨蛋！下星期日！有加奈子的演唱會！所以麻煩你去捧場！」

「哪有人邊發火邊商量事情啦！」

「囉唆！我拜託你的事情，你是答應還是不答應！」

「妳這種講法不叫拜託，叫脅迫——夠啦！我去就可以了吧，混帳！」

像這樣——

切掉電話以後，我失落地待在床上。

「……笨蛋。」

為什麼會變成這樣呢……？

最笨的不是別人，就是我。

接著到了星期日，我和大哥在有明的演場會場地旁邊會合。

天空一朵雲也沒有，應該可以說是舉行演唱會的好日子。

我悶著氣保持沉默，眼前的大哥則尷尬地守候著我的動靜。

「——沒想到，我又要穿成這副模樣。」

梳油頭穿西裝的大哥，朝自己的衣服看了一圈說道。

我噘起唇，將視線從那樣的他身上別開。

「……我沒想到你真的肯來。」

「為什麼？」

大哥愣著偏過頭。

這個人……真的不懂嗎？……應該是不懂吧。

將年紀小的女生說的話，稀鬆平常地聽了進去，耗費掉自己的假期。

他明明忙著準備考試。

「用電話商量時，我不是在生氣嗎？我覺得當時拜託你的方式相當無理取鬧耶。」

「所以妳認為我不會來？」

「是的。」

「我會來啊。因為這是跟妳和好的機會嘛。」

「咦？」

「之前被妳罵過以後，我想了很多……是沒有錯，我認為自己之前對妳的態度不夠誠懇。

這一點我有在反省。」

「……你……你說什麼啊？」

咦？咦咦？這……這樣的發展……

大哥用了前所未有的鄭重態度，朝我低頭。

「我先對妳講過『最喜歡妳了』或『跟我結婚吧』之類的話，後來又說自己交到女朋友，這樣難怪妳會火大嘛。」

大……大哥！你果然對我——

「——即使我們都知道那是開玩笑，真的很抱歉。」

幹掉你喔。

我太陽穴的血管差點就爆開了。

然而傷腦筋地，看來……這個人是認真在反省呢。

就連我也明白，他這段賠罪滿懷十足的誠意。

於是，我發現自己的思考出現了矛盾。

對於大哥掛在嘴上的眾多胡言亂語，我當然沒有認真看待。

比如像「我喜歡妳」或者「跟我結婚吧」……或…或是被他用有點色色的方式對待……！

那些全部算是惡質的玩笑嘛！我都明白！

……咦？那為什麼我現在——心裡會有一股火呢？

「——綾瀨？」

「沒……沒事！沒什麼……！你……你說——和好對不對？」

「是啊。只要妳肯原諒我的話。」

為什麼這個人偶爾會像算準時機似地，變得語氣誠懇呢？

「你不會……再對我做色色的事情？」

「不會不會。」

「真……真的嗎？……好可疑耶。」

「怎麼樣妳才願意相信？」

「這還要問我……誰……誰理你啊。」

我「哼」地轉過臉。斜眼瞄向大哥，可以發現他正露出非常困擾的臉。我低喃說：

「知……知道了啦。我們……和好吧。」

「真的？」

哎唷……聽你高興得發出那種開朗的聲音，我根本講不出「果然還是免談」這種話嘛。

「下……下不為例喔。」

「——嗯。謝啦，綾瀨。」

像這樣，我和大哥成功和好了。

……說到他啊……根……根本都不對我性騷擾耶。

……真的不會再有了嗎？

不……不行！我不能鬆懈！畢竟他現在也可能是為了跟我和好，才碰巧沒有任何動作……

所以要是我稍微露出破綻，他肯定……會做出色色的事情！

「呼……」

「怎麼了？感覺妳不太有精神。」

「才沒那種事！好了，我們走囉，去加奈子她們那邊。」

「唔……好啊……妳心情起伏真激烈吶。」

「Zepp Tokyo」是位於有明東京Big Sight旁邊的大型Live house，容納人數達兩千七百名以上。今天這裡有舉辦一場梅露露的特別演唱會，加奈子也會參加。

我帶著大哥來到了休息室。

打開門，便看到擺著置物櫃和沙發的休息室裡面，有兩名角色扮演的少女。

是加奈子和布莉姬。我先對加奈子打了招呼。

「——加奈子，我把妳想要的人帶來囉。」

「謝啦綾瀨！嗨，性騷擾經紀人♪好久不見了，不是嗎！」

原本坐在沙發上的加奈子（黑暗魔女梅露露裝扮），高興地跳起來——

啪！

然後和大哥默契十足地擊掌。

「嗨！哈哈，過得還好嗎，臭小鬼？還有誰是性騷擾經紀人啦，喂！」

「嘿嘿，誰叫你就是因為對加奈子性騷擾的事情穿幫，才會被炒魷魚不是嗎？」

「是哪個傢伙灌輸妳這種沒禮貌的情報！」

「綾瀨。」

「綾瀨——！」

大哥一個轉身，回頭瞪向我這裡。我悄悄對他耳語：

「……我……我想不到其他更好的藉口嘛。」

話說……這對拍檔怎麼回事？未免太速配了吧？

「就算是這樣……算啦。呃……和布莉姬也好久不見了。」

「是……是的！好久不見！」

布莉姬（阿爾法裝扮）頓時顫抖了一下。

「哎呀呀……布莉姬真是的，她好像在害怕大哥喔。」

「因為妳把我塑造成性犯罪者的關係吧？」
大哥用狠狠的視線吐槽。我無視他的吐槽，開口安撫說：
「妳不必害怕喔。只要有我在，這個人不會對妳出手的。」
「喂，總有別的說法吧？」
「不……不是的……我並沒有害怕經紀人先生……」
布莉姬怯生生地，用依舊流利的日文否定。
「咦？那麼……妳是怎麼了呢？」
「沒……沒什麼。我覺得應該是我想錯了……」
她是指什麼？我用眼神對大哥表達說：「你聽得懂是什麼意思嗎？」結果，他把目光轉過去了。真可疑。
「啊……難……難道說，大哥，你連布莉姬都染指了？」
「誰會啊！」
也對。他實在不會變態到對這麼小的女生出手——我希望能這樣相信。
假如背叛我的信賴，這次你就要接受火刑囉？
大哥咳了一聲轉換話題。
「呃，加奈子。」

「喔，幹嘛？」

「謝啦，能被妳叫來這裡，而且妳連我朋友的門票都幫忙要到了。」

「嘿嘿，不用謝那些啦。再怎麼說，你都是加奈子的第一號粉絲嘛。」

我這位雙馬尾的友人，害羞地揚起了嘴角。

「要是能成立粉絲俱樂部，就特別將會員編號第一號賞給你吧。」

「那還真榮幸。」

大哥苦笑說：

「等妳有朝一日變成超級偶像，大家都會羨慕我吧？」

「還用你說♪好好期待吧！相反地，你今天一整天都是加奈子的僕人，要好好幹活喔？」

「是是是，我會努力。」

他們兩個的樣子，簡直像是真正的兄妹……

我無法不回想起，自己第一次和大哥見面時的事情。

——看起來好溫柔的大哥，真羨慕吶。

記得第一次和他見面那天，我似乎是這麼想。

「吶吶吶，前經紀人，告訴我你的名字啦～」

「第一次見面時我就說了吧？」

「人家已經忘了嘛。這次我會記起來的啦。」

「好吧，我叫——」

這時，他露出了思索的神情。

以前大哥在擔任假經紀人那次，報上的是「赤城浩平」這個假名。當我以為他會報上相同名字時——

「呃，叫我京介就好。」

他把本名講出來了……這樣好嗎？

只聽大哥報出姓氏下面的名字，加奈子戳起太陽穴，彷彿一休和尚那樣說道：

「京介啊。嗯，我記住了。」

「喔，多指教囉。」

這個人肯定是對加奈子有了感情，才會冒出不太願意說謊的念頭吧？真是受不了，要說他是爛好人……還是防備上過於天真呢。

假如桐乃有將大哥的名字告訴加奈子，你又打算怎麼辦啊？

哎，畢竟加奈子是個笨蛋，假設就算連姓氏也告訴她，八成也不會發現大哥是桐乃的哥哥就是了。不過，請你要留心喔，大哥。

加奈子她啊，並不會忘記自己「主動記住」的事情喔。況且你今天也沒戴墨鏡，最好當成

臉和名字都被她徹底記熟了。

雖然我才不會給你忠告，哼。如果因此桐乃的祕密被加奈子發現，我只要默不作聲就好。

不過這段互動中，有一個讓人不明白的地方。為什麼布莉姬從剛才就一直用若有深意的目光望著大哥呢？

難道她喜歡上大哥了——這不可能吧？

我將思緒告一段落，然後抱著打發時間的用意，提出了一項疑問：

「對了——今天舉辦的是什麼活動？」

「咦咦！妳不知道『梅露祭』嗎！」

發出大音量的居然是布莉姬。加奈子還有大哥也都一副「……妳是真的不知道嗎？」的表情，愕然地注視著我。

「咦？咦咦咦？」

為什麼我會被大家懷疑常識不足？

「今天的活動呢，叫『星塵☆小魔女梅露露．魔幻祭典嘉年華』，簡稱『梅露祭』啦。」

結果回答我的是加奈子。

「簡單來說呢，就是為目前播映中的動畫舉辦的慶祝活動，會有聲優唱角色歌曲，以及加奈子這種官方cosplayer的演場會，還有唱片頭曲那些人也會來啦。」

「是喔……」
因為沒興趣，我根本不會有進一步的感想。
「妳還說『是喔』！哎……哎喲！綾瀨大人一點都不懂！」
布莉姬態度憤然。大哥用戰慄的目光望著我問：
「綾瀨……妳讓布莉姬叫妳『綾瀨大人』嗎？」
「不……不是啦！這背後有一些因素！」
「是什……什麼因素會讓小朋友對妳的稱呼加上『大人』？」
「她……她有稍微看到我教訓加奈子的畫面……」
「難怪……」
我也希望布莉姬可以改口啊。因為別人聽了會以為有什麼狀況。
那麼，接下來——
「所以，布莉姬……妳剛才說誰一點都不懂什麼？」
「咿！」
我明明只是用普通的口氣問，布莉姬卻嚇得發抖。
加奈子橫眉豎目地發了脾氣。
「喂，綾瀨！妳別欺負她啦！」

「我……我沒有欺負她吧！只是普通通地問她話而已啊！」

「先不管台詞，總覺得妳講話的方式就很邪惡！應該說妳眼神恐怖吧？」

我哪知道啊！竟敢把我批評得狗血淋頭……妳是不是想死？

嗚嗚……真是夠了……為什麼我會被小朋友懼怕啊？我明明是這麼溫柔的大姊姊。實在不懂為什麼。

「因為今天的活動，會有『ClariS』到場啦。」

看不過去的大哥，替布莉姬講出答案了。

「『ClariS』？」

「就是唱梅露露最新主題曲的人氣雙人組歌手。布莉姬大概是『ClariS』的粉絲，對吧？」

「沒有錯！」

布莉姬眼睛神采發亮地認同。

「『ClariS』是兩個國中女生，透過niconico動畫的『試著自己唱』影片出道的喔！沒有人看過這對神祕雙人組的長相！她們歌唱得好棒好棒！」

「國……國中就出道當職業歌手？」

儘管我一瞬間曾想過哪有這種虛構般的事情，但身邊就有桐乃可以當例子。

雖然我姑且也算隸屬事務所的模特兒……果然像那樣的人，會有的地方就是會有吧。

布莉姬順勢又說：

「我也是因為在niconico動畫上傳了『試著cosplay跳舞』的影片，現在才會像這樣出來表演！看到『ClariS』活躍，我就好興奮！」

呼嗯……意思是她們有類似的出道經歷吧？關於niconico動畫我不太懂，但這一環似乎就是布莉姬替「ClariS」加油的原因。

「妳說沒有人看過她們的長相……表示她們都沒有露臉囉？」

「是的！她們兩位的長相，我只有在插圖上看過！」

「不過，我記得今天的活動是要……」

「嗯！所以今天是『ClariS』第一次開演唱會！」

對布莉姬來說，這似乎是高興得足以讓她朝著敬畏的我，露出最棒笑容的喜事。

「就是因為這樣，她從剛才就一～直在興奮。還說我們也許有機會見到『ClariS』。」

加奈子滿臉不是滋味地嘟著嘴。說不定是因為愛慕她的女生現在變得對其他歌手著迷，才讓她感到嫉妒吧。

加奈子真是的，原來她有滿可愛的一面呢。

「無聊，加奈子比『ClariS』更會唱歌啦。」

「妳別把爆炸性發言講得這麼輕鬆。」

大哥朝她吐槽。

「小奈奈！妳不可以說『ClariS』的壞話！」

「唔……」

加奈子不甘心地咬牙切齒。身穿黑色魔女服裝的她，感覺比以往扮成「星塵☆小魔女梅露露」更合適。

就在此時，休息室的門「叩叩」地被敲響了。

「來了。」

最靠近門口的我出去應門，便看見外面站著兩名少女。

她們穿著搭配成套的表演服裝，有如和睦的姊妹。

「午安。」

伴隨漂亮重疊的招呼聲，兩人低頭行禮：

「我是愛麗絲。」

「我是克拉拉。」

「妳好，今天請多指教。」

她們靦腆地齊聲說道。看來似乎是參加這次活動的女生。

年紀應該與我相差不多的兩人，有著互為對照的外表。

看起來顯得活潑的是愛麗絲。她眼神充滿自信，呈現出勁力十足的笑容。

另一方面，克拉拉則給人文靜的印象。飄柔帶弧度的黑髮格外吸睛。

「請問小奈奈和布莉姬在嗎？」

「啊，她們在。我現在就介紹她們兩個過來。」

「哇～」、「其實我們是小奈奈她們的粉絲。」

喔……所以才會特地來向加奈子這個層次的藝人打招呼啊。

「什麼什麼？妳們是加奈子的粉絲嗎！」

自己的名字一出現，加奈子就衝來房間入口了。

「是的！」、「妳在cosplay大賽表演得好棒！」、「我看一眼就變成粉絲了！」

「真的假的？這……這樣喔～原來妳們都是加奈子的粉絲嗎～」

加奈子變得陶醉起來。真容易奉承耶。

她們提到的cosplay大賽，是以前我為了拿到送給桐乃的禮物，才遊說加奈子參加的那個比賽吧？當時加奈子是一邊跳即興的舞步，一邊唱梅露露的主題曲，使得觀眾大為驚豔而獲得優勝。那時候陷入狂熱的御宅族當中，也包含她們兩個嗎？哎，既然觀眾那麼多，有女生混在裡面也不奇怪就是了。

「嘻嘻，站著講話也不方便。好啦，進來進來。反正離正式上場還有時間嘛——京介，端茶給我們！」

「好好好。」

加奈子興高采烈地，將自稱是她（還有布莉姬）粉絲的少女們請進房間。

大哥正用熱水瓶倒熱開水到茶壺裡，一旁的布莉姬則急著從沙發上將行李挪開。不知為何顯得十分緊張的她說道：

「請……請請請請請……請坐！」

這個女生是怎麼回事？眼睛都瞪大了耶。

「不好意思。」、「謝謝妳喔。」

愛麗絲和克拉拉肩並肩地輕輕坐到沙發上。

「唷。」

在她們面前，加奈子用身為女生不該有的姿勢蹲了下來。

畫面宛如一名不良少女正在威脅人，外加兩個被帶到流氓集散地的女生。

「妳那是什麼坐相？內褲走光了喔。」

大哥立刻開口糾正。就吐槽的速度而言，我不覺得自己能贏這個人。

但是加奈子不把他當一回事，因此她不可能乖乖聽話。我也用略重的語氣糾正說：

「加奈子！妳這樣很沒規矩！」

「好嘛～」

加奈子不甘不願地起身。她彈響指頭說：

「京介！椅子！」

「來啦。」

也許是早預測到她會那樣命令，大哥已經將豎在房間角落的折疊椅拿來了。他迅速將椅子展開，幫加奈子擺到屁股底下。

「辛苦了。」

「不不不，畢竟這是為了心愛的加奈子大人（講得毫無感情）。」

「咦？唔…嗯……你心態倒是可嘉嘛。」

面對平板無感情的客套話，加奈子（↑笨蛋）聽了似乎也不是沒有感覺。

大哥進一步將桌子挪到加奈子等人旁邊，然後在上面擺出茶與點心。布莉姬和愛麗絲她們都有道謝。看著他那模樣，我說出一句：

「真讓人刮目相看……原來大哥意外有當奴隸的天分耶。」

「完全不值得高興！」

一結束本身工作，大哥隨即像個熟練的護衛似地，靜候在加奈子身旁……儘管讓人覺得不甘心，但他做得確實有模有樣。可以明白加奈子頻頻要求「讓他回來工作！」的理由。與其說他是經紀人，更像隨從就是了。

「那個……」

愛麗絲朝加奈子開口。

「那時候的表演，妳真的好棒。」

「有嗎？那樣算普通而已吧？」

光看就知道，加奈子謙虛時口氣有些得意忘形。她明明非常開心。

愛麗絲猛搖頭說：

「沒那回事！」

克拉拉也平靜靦腆地問：

「聽說妳在現場唱的『流星☆衝擊』，是當時即興背完唱出來的……真的嗎？」

「啊，那個喔？坦白講是真的。」

「好厲害～！」、「妳怎麼辦到的？」、「希望妳教我們訣竅！」

「要問訣竅我也說不出來耶～哎，因為加奈子超級天才，是被上天挑選中的人。所以不練習也一樣能唱歌跳舞啊。」

「好了，她騙人的。」我毫不留情地戳破加奈子吹的牛皮：「即興背好的只有那首歌的詞，跳舞和唱歌妳每天都練得相當久吧？」

「…………綾……綾瀨妳不要多嘴啦。」

加奈子不喜歡被人知道自己有付出努力。因為她想裝天才。

可是，世上能交出成績的人，全都是日積月累努力的人，若是如此，「天才」和「努力家」的差別，或許意外地只有形象而已。

大哥微笑著協調在場的氣氛。

「不過，妳唱的歌真的很讚。感覺像職業歌手。」

「對吧？這次活動主秀的『ClariS』，我根本不放在眼裡。」

「小……小小小小……小奈奈！」

原本縮在沙發角落的布莉姬，對加奈子的狂言有了激烈反應。加奈子轉過視線，望向舉動依然顯得鬼鬼祟祟的布莉姬。

「怎樣啦，布莉姬，妳幹嘛一副要哭的臉？」

與隨便的口氣正好相反，加奈子眼神相當認真。

至於她為什麼會那樣，哎，也不用特別說了。

「誰……誰叫妳……！」

加奈子現出自信笑容，朝著淚眼汪汪的搭檔說：

「哼哼，妳是在活動開始前覺得緊張吧？說過沒問題的啦。反正妳根本像加奈子的附屬品，就算稍微出錯——」

「不……不是那樣！」

「要不然是哪樣？」

「……唔～」

布莉姬的態度忸忸怩怩——感覺像是有話想要說，卻怎麼也不能現在講。我最近也曾被迫面對類似的狀況，因此非常能了解她那種苦處。現在布莉姬無論被怎麼逼問，當場都不會透露任何事才對。

加奈子噘起嘴唇說：

「果然是因為我講了妳喜歡的『ClariS』壞話，妳才在生氣吧？可是加奈子比較厲害這一點是真的嘛，妳說對吧？」

「才……才沒有呢！」

「啊？哪裡沒有？」

……有……有夠幼稚的鬥嘴內容。我忍不住插嘴：

「加奈子，講到這個程度就該停了。妳要跟活躍的職業歌手『ClariS』比，在實際成就上根本不是對手啦。」

「什……什麼話啊！妳這傢伙剛才講什麼！」

「我說的都是事實吧？」

「唔唔……」

對於咬牙切齒的加奈子，克拉拉和愛麗絲不知為何還拚命幫她緩頰。

「好了好了，請妳冷靜下來。」

「呃……我想『ClariS』能夠出道，是因為幸運地遇到了懂得她們優點的人喔。」

「對對對。像小奈奈只要能有那樣的好機緣，就一定——」

「……不對，那樣錯了吧？」

別人好不容易幫忙緩頰，加奈子卻回以否定。儘管是用嘔氣的語調，她仍坦然回答說：

「說什麼『運氣也包含在實力裡面』，就算機會到了眼前，沒有實力根本什麼都辦不到嘛。沒實力不會有人來挖角，假使出道了也不會紅，沒人要買那種歌手的ＣＤ啦。有實際成就代表她們實力夠，對吧？」

講得還真自以為是耶。

加奈子一臉非常不甘心地露出犬牙說：

「——像綾瀨說的，『現在』先算我輸好了。」

「妳這不服輸的傢伙。」說著，大哥苦笑聳肩。

「煩死了。」

朝大哥撂了話以後，加奈子用力指向愛麗絲和克拉拉說：

「妳們……也別小看『ClariS』喔。那些傢伙，遲早會由我打倒！」

她做出這種宣言。

愛麗絲和克拉拉愣著望向彼此——

「好的！」

她們充滿活力地齊聲答道，彷彿接到挑戰的就是自己。

之後，房間裡度過了一段和樂的閒聊時光。愛麗絲很會陪口氣自傲的加奈子講話；克拉拉和布莉姬在動畫這項興趣上好像合得來，她們可愛地聊著梅露露和其他人氣動畫，始終談得十分熱絡。

我和大哥待在稍遠的位置，守候著她們四個人的動靜。

「布莉姬是怎麼了呢？感覺她還是相當緊張耶。」

「反正她和對方相處得比剛才融洽多了，我想不要緊吧？」

「那到底怎麼回事啊？她簡直像在跟崇拜的人講話。」

「大概因為那兩個人是『ClariS』的關係吧。」

「咦！」

大哥說得實在太乾脆，讓我懷疑起自己的耳朵。

「你現在……在說什麼？」

「沒有啦，我也算剛剛才發現的就是了。講到今天有參加活動，名字又叫愛麗絲和克拉拉的雙人組，就只有『ClariS』而已。」

這樣啊！所以布莉姬才會從剛剛就一直不太對勁。

「……對方的身分，加奈子她——」

「八成不知道吧。」

「畢竟她都在兩位當事人面前大放厥詞了嘛。」

幸好，加奈子那些失禮過頭的舉動，對方似乎都願意不去計較，所以倒還沒關係……之後可要教訓她才行。

「話說回來……大哥你今天和平時有點不一樣耶。」

「會嗎？」

由於他用眼神問了「哪裡不一樣？」，我便照著心裡浮現的想法回答：

「會啊……總覺得你應付得好從容。發生過什麼事了嗎？」

「那可多了。」

大哥苦笑。看來發生在他身上的故事，比我從麻奈實姊姊那裡聽到的更加深刻。溫柔而容易搭話的氣質依舊不變，然而大哥以往展露出的粗枝大葉性格，已經徹底消失了。

「是喔……哼。」

「……我有做出什麼失禮的事嗎？」

他好像察覺到我變得不高興，還擔心地把臉湊過來問。

「沒……沒有，並不會。什麼事都沒有喔。」

我連忙別過臉。

其實……我從剛才就大膽地把臉貼近他（純粹只是想確認「他真的都不再性騷擾了嗎？」，沒有別的用意！）試了幾次，也試著對他微笑，卻絲毫收不到效果。

換成以前的大哥，明明會亢奮得眼神驟變才對。

……雖然他變得不會對我性騷擾，實在實在實在可以大為慶幸。

……但我總覺得……心裡好煩躁。

這……這可不代表我希望他再對我做出色色的事情喔？只不過，這樣簡直像我失去魅力了不是嗎？

在心裡有疙瘩的我旁邊，大哥不知是何用意地說道：

「……哪會從容啊，我根本沒什麼用。」

他自嘲般地如此嘀咕。

而就在這時候——

「京介～♡給我端新的茶過來♪」

加奈子高姿態地用撒嬌的語氣，對大哥發號施令。聽到那聲音，看似自顧自陷入沮喪的大哥抬起頭，短短回答說：「好好好。」

然而有人搶在他之前先離開座位了。

「啊，茶的話我來倒。」

開口的是布莉姬。那應該是出於想為崇拜對象做些什麼的純真好意吧。迅速走到熱水瓶旁邊的她，沒被任何人制止。

「不好意思吶，那明明是我的工作。」

「哪裡哪裡～」

她滿臉高興地用茶壺倒茶。

於是我中斷投注在布莉姬身上的目光，改看加奈子那邊。

因為受到「ClariS」拜託，我那cosplay成黑暗魔女的同班同學，開始要表演了。離席移動到房間中央的加奈子，正用單手耍著長杖打轉。

「然後啊，這次梅露露不是當反派嗎？所以我在想，在演唱會表演時也要和以前有一些區別才可以。」

就這樣，當所有人視線都集中在加奈子那裡時——

「可惡！」

大哥突然採取了異樣的行動。始終望著加奈子的我，朝聲音傳來的方向轉過頭。此時我目擊到的是——

有個變態朝著「ClariS」一頭鑽過去的身影。

「呀啊————！」

尖叫聲交疊。桌子打翻冒出了大聲響，接著又有較輕的東西「咚」一聲掉在地板。

「什……怎麼會！」

我無法理解發生了什麼。不過，等聲響告一段落時，映在我眼裡的是坐在沙發上的國中生，以及性騷擾混帳用放蕩姿勢撲在她們身上的模樣。

「請——請……請你不要把臉鑽到我裙子裡面！」

「呀啊啊啊啊！你……你在摸哪裡！」

「ClariS」變得面紅耳赤，布莉姬目瞪口呆地站在打翻的桌子旁邊。

「你……你這混帳幹嘛啊！」

加奈子氣得把長杖砸出去。長杖命中了性騷擾混帳的臉，讓他慘叫出：「好痛！」

「京……京介！你果然是蘿莉控嗎！」

「不……不對啦！我這樣做有原因……！」

「原因不重要啦，請你趕快起來！」

愛麗絲朝著大哥的臉，用膝蓋使勁踹了好幾次。克拉拉也滿臉通紅地低著頭，用力壓住迷你裙的裙襬。

「……嗚嗚。」

「啊——！你把她惹哭了！可惡，綾瀨大人！拜託妳幹掉他！」

根本不需要她講。

往前墊步的我調整好和目標的距離，一個迴身——

「去死啦——！」

發威的中段迴旋踢，將性騷擾混帳處決掉了。

在那之後——

「是……是我跌倒把茶潑出來了！經紀人先生只是看大家快要被熱茶淋到，才會自己挺身衝過去……！拜……拜託妳們原諒他！」

多虧布莉姬拚命辯解，大哥造成的誤會馬上就解開了。

「可……可是，他也不用那樣吧……！」

「就原諒他吧。畢竟也都是靠他，才免得讓表演用的服裝濕掉。」

「唔……說的也對耶。」

愛麗絲和克拉拉好像都肯原諒大哥。

……原來在我們看不見的死角，有發生那種狀況啊。

「什麼嘛～原來是這樣啊。」

我笑吟吟地瞇起眼睛，望向遠方說：

「……我一直相信，大哥不可能會做那種事。」

「用了冤枉的罪名處決人還敢這樣講！真不愧是綾瀨大人耶……」

加奈子露出僵硬笑容。

被熱開水淋到，又直接挨中我那記迴旋踢的大哥，目前正癱軟無力地趴倒在沙發上。布莉姬和克拉拉拚命地照顧著他。不知為何，愛麗絲從我身上別開眼光，朝加奈子說：

「已經快要正式上台了……我們差不多要回自己的休息室才行了。」

「是喔，那我們也得準備啦。」

「小奈奈，謝謝你們今天的許多招待。等活動結束以後，我們會再來打招呼。」

「喔，上台表演加油喔。」

直到最後，自以為是的加奈子都沒發現對方就是「ClariS」。

愛麗絲瞄了一眼昏倒的大哥，微笑說道：

「好棒的經紀人耶。」

「嘿嘿，羨慕吧？」

加奈子自豪地笑著露出犬牙。

克拉拉站到了愛麗絲旁邊。

「那個……要是經紀人先生醒來了，麻煩幫我跟他說，剛才因為誤會而尖叫很抱歉。」

「我會跟他講。沒問題，反正那傢伙是爛好人兼蘿莉控，肯定一點都不在意——布莉姬，妳也來送她們走啦。」

「好……好的！」

「ClariS」的兩位回去之後，沒過多久大哥便醒了。

現在他正躺在沙發上靜養。

「……大哥，你還活著嗎？」

「……喔。」

也許是還在意識朦朧的關係，他的回答很微弱。

「……抱歉，讓我多休息一下再開始工作。」

「沒關係啦，活動正式開始前請你先睡吧。」

受不了……他某些部分就是格外中規中矩。

這時，有聲音「嗶嗶嗶嗶」地傳來了。

是手機鈴聲。朝聲音傳來的方向看去，大哥正昏昏沉沉地勉強抬起頭，注視著手機的液晶螢幕。看來他好像在讀剛才送來的簡訊。

間隔幾秒，大哥忽然從沙發上奮力起身。

「痛痛痛痛痛……」

「等等，大…大哥……！你怎麼突然站起來啊！」

「有點急事要辦。」

「急事……你這樣不要緊嗎？」

「既然受傷了，就乖乖休息啦。話說你不是來看加奈子演唱會的嗎？」

「抱歉，演唱會開始前我會趕回來。」

阻止似乎也沒有用了。他重新披上西裝外套說：

「我去一趟就回來！」

大哥衝著離開，精神得讓人想不到在片刻前才被踹飛暈倒過。

……真是的。

他說急事，會是什麼樣的急事呢？

「——請慢走，大哥。」

〈妹妹的新娘禮服〉

我，高坂桐乃，今天正穿著某套特殊服裝，在都內某間飯店提供的場地裡讓人拍照。視野開闊的小丘上，有條長長坡道一路延伸至蒼鬱茂密的森林中。

獲得某名牌廠商的女社長——藤真美咲小姐看重，我接下了這份工作。

在經歷留學受挫、即將升學等等轉折點的當下，雖然我之前一直猶豫著要不要回到模特兒這項行業，結果還是決定接受美咲小姐的聘請。

因為我覺得，或許這是個好機會，可以讓我重新審視自己的定位。

而這次工作的內容，老實說也從背後推了我一把。

……哎，雖然到最後，我就去不成自己期待已久的演唱會了。

是的。原本預訂在兩點可以結束的攝影，意外地拖長了時間。

現在是下午六點，和活動開始同一個時刻。即使接下來拍完照、換好衣服、再急著趕過去會場——就算請人用車載我去，也不會來得及。要是將工作視為優先，我只得放棄演唱會。

向天仰望，令人想像不到是在都內的廣闊天空，已經染上夕色。

——今天的演唱會，看來是沒辦法去了。

「……呼。」

按下簡訊發送鍵以後，我吐露出鬱悶。

「嘖，之前一直好期待就是了。」

與說出口的話恰恰相反，我毫不猶豫地轉過腳步。

前往的地點，是被燈光打亮的攝影現場。

畢竟我只是趁攝影時，看準了輪自己上鏡還有空檔，才到旁邊發個簡訊而已，要迅速將心情切換回工作才行。

那是我從幾天前就超盼望能去的演唱會，當然沒那麼容易就能割捨。但至少目前我還是得隔絕在心裡作怪的遺憾，避免讓那些表現在臉蛋或者舉止上。

誰叫這是我自己接下的工作。

假如不好好完成，我也會沒有臉面對自己。

「讓各位久等了！」

「好～輪高坂桐乃小姐上鏡。」

「請多指教！」

氣勢十足地吆喝的同時，我回到鏡頭前。

「各位辛苦了！」

之後沒過多久，攝影順利結束了。

我在攝影工作人員以及一同攝影的模特兒夥伴圍繞下談笑著。

「辛苦妳囉，桐乃。多虧妳才拍到了不少好照片。」

熟面孔的攝影師這麼說。

「真的嗎？嘻嘻。」

我用無懈可擊的笑容回答後，這次又換同樣當模特兒的小蘭找我講話：

「真的真的，妳超可愛的啦。啊～我也好想穿妳那套衣服耶——」

「咦，小蘭妳那套也很棒嘛。」

她也回答「會嗎～會嗎～」，跟我一團和樂地交流感情。

「好期待照片洗出來耶。」

其他模特兒也加進談話，讓現場變得更熱鬧。

就在這時候，小蘭回頭仰望聳立於攝影地點旁邊的建築物——結婚禮堂，然後說：

「夕陽下的教堂，看起來也不錯耶。」

「在禮拜堂攝影，之前讓我有點期待呢！」

「對呀對呀！結婚紅毯和管風琴！嗶嗶嗶地刺激到了我少女的感性——會變得滿想結婚的耶！要和超帥的型男！」

「啊哈哈哈！」

如此鬧哄哄地聊成一片時，地位相當於領袖的模特兒前輩這樣提議：

「等一下大家要不要去開慶功宴？」

「好耶！」

「桐乃去不去？畢竟好久沒見了，當成慶祝妳回到業界！」

「啊……我不用了。因為家裡管得很嚴……」

其實，現在就已經超過我們家的門禁時間了。雖然今天原本預定要去六點開始的演唱會，我也跟媽媽講過攝影會拖得比較晚——哎，八成還是要被爸爸說教就是了。

「咦！」、「有什麼關係嘛！」、「和我們去啊。」、「跟家裡聯絡一下就沒事了啦！」

「唔～」

怎麼辦呢？

再說演唱會那邊的活動也已經開始了……現在過去，應該趕不上吧？

當我一邊擺著無懈可擊的微笑、一邊在內心猶豫時——

「……唔喔喔喔喔喔喔喔喔。」

伴隨著粗獷的吼聲，有個傢伙騎著腳踏車衝上山丘。

「——喔喔喔喔喔喔！」

某個人正站著猛踩踏板，拚死命地想衝上長長的坡道。即使遠遠望去，也能看出他非常趕時間。

「……好像有個熱血的人跑來這邊了耶。」

小蘭嘀咕說。一開始我看了也只覺得，似乎有個怪人正要過來，但隨著腳踏車朝這邊越來越接近……我開始冒出不祥的預感。

「——喔喔喔喔喔喔喔喔喔喔喔喔喔！」

那個穿西裝的白癡……該不會……該不會就是……

當我還這麼想著，爬完坡道的腳踏車便「嘰咿咿——！」地發出尖銳聲音，同時一個甩尾「唰——」地滑到我們眼前。

「呼……呼……呼……呼啊！」

衝上漫長坡道，那個人好像也精疲力竭了，正低著頭喘得肩膀起伏不停。也許他在來這裡的途中還摔過車，臉上有塊大瘀青，全身也都沾著樹葉樹枝和泥巴。

那模樣一看就讓人覺得邋遢。

「唔耶？」、「討厭！」、「什麼啊！」

模特兒們目不轉睛地，凝視著那個滿身大汗和泥巴的西裝男。

我以為自己心臟都要蹦出來了。光是看到他外表邋遢，也許我還不至於驚嚇到這種程度。

可是，那個明顯令人眼熟的西裝男，瀟灑地騎著一台造型驚天動地的腳踏車。

腳踏車外觀呈粉紅色，儘管尺寸是大人專用，卻加了兩顆「輔助輪」，車身上還印著動畫角色的圖案，看起來根本像給小學低年級女生騎的車子。基本上，它的款式是所謂的媽媽購物用單車，有後座座墊和置物籃，代替車鈴裝著的則是一顆可愛的「叭噗」喇叭。而前輪和後輪的輪框上，分別畫著梅露露和阿爾法的變身場景（換句話說就是光溜溜的少女），視警官衡量的尺度，這種外觀難保不會讓騎的人被逮捕。

「──……Ｏｈ。」

連身為正格梅露露御宅族的我，看了這種貨色也不敢領教。

這根本不叫痛單車，而是更恐怖的某種存在。

「唔哇啊……」、「噓，跟妳說不可以看那個人啦……」

重量級的可疑人物大駕光臨，讓模特兒們鼓譟起來。

「唔噁，這個變態超噁心的～～～～！」

當小蘭帶頭幫在場的所有女生喊出心聲，攝影的工作人員便把痛單車男制伏住了——啪！

「唔喔！你……你們忽然做什麼！」

「那是我們要說的話！你……你是什麼人！」

——他是我哥。

這我怎麼講得出來啦——！

那……那那那……那傢伙在幹嘛啊！

沒有錯，騎著梅露露痛單車（為求方便就這樣稱呼）的重量級可疑人物，不是別人，正是我的哥哥。

「怎麼了桐乃？妳流好多汗耶。」

「沒事，呃……」

「是看到怪人，讓妳覺得不舒服嗎？」

錯了。是因為那個怪人就是我哥。

怎…怎怎…怎麼辦……坦白講我很想當成沒看見。

但要是這樣放著他不管，肯定不太妙吧……？唔……唔唔唔！

我瞥了一眼，發現被逮住的白癡正拚死命地找藉口。

「所以說！我……我妹妹在這裡參加攝影！她是模特兒……！」

「少講那種〇．一秒就能看破的謊話！你怎麼看都很可疑吧！我們現在就叫警衛來，你最好安分點！」

糟了！

「請……請等一下！」

我立刻出面救援。

哎喲，那白癡！那個白癡！搞什麼嘛！

我快步趕到他們旁邊，滿臉通紅地低著頭支支吾吾說：

「這……這個人是──我的……呃……」

「妳的……什麼？」

「…………哥哥啦……！」

「咦咦！」

除了我以外的所有人，都冒出相同反應。
「……真的嗎？」
擔任代表的小蘭反問，而我朝著她微微地點了頭。
……………現場一片沉靜。
哎，當然會變這樣嘛。唔唔……全都是那傢伙害的！
在這種尷尬到極點的氣氛中，我默默走到京介跟前。
「那……那個……所以說……請你們放開他。」
「好……好的。」
原本出手讓京介動彈不得的工作人員們，不滿地放了人。滿頭大汗的京介，安心似地呼出一口氣說：
「……得……得救了。」
「——你…你這個人喔……」
儘管我想著劈頭該怎麼抱怨，但京介先有了大動作。
「等等……桐……桐乃妳……」
京介剛認出我的長相——整個人就僵住了。
他目瞪口呆地凝視著我，連下巴都要掉下來，然後——

停頓幾瞬，他臉一下子染成紅色了。

「……妳那模樣，是怎麼回事啦！」

「拍……拍照穿的服裝啊。」

「妳說服裝……」

「夠……夠了啦！反正你過來一下！」

由於我不能在大家面前跟京介講話，就拽著他的手把人帶到了角落。

「唔……喂……別硬拖啦。」

京介依然處在陶陶然像作夢般的狀態，牽著痛單車跟到我旁邊。

「……哼！」

哎，這傢伙會看得入迷，要說當然也是當然嘛。

誰叫我現在穿著純白色的新娘禮服。

因為——我剛才一直在飯店名下的禮堂讓人拍照。雖然我穿的是樣式傳統的結婚禮服，但這次企畫——似乎是以新娘禮服為概念，刊出模特兒以新造型亮相的照片。唉，就先不管那些名目，對於穿新娘禮服拍照的工作，身為女生的我非常感興趣。畢竟公司那邊也說過不會有人扮新郎。

——可是我沒想到居然會被這傢伙看見！

我瞄了一下，確認其他人好奇的視線和我們離得夠遠，便揪住京介的領口問道：

「——你……你為什麼會在這裡？話說你那什麼模樣！還……還有，那台嚇人的痛單車是怎麼搞的啦！」

「不……不要一次問那麼多嘛。呃……」

京介瞥了由自己掌握著車頭的痛單車一眼，說道：

「這台單車……呃……因為路上塞車……我是想說這樣會比搭計程車快。」

「錯錯錯，我要問的不是你為什麼騎車來，而是那台從各種層面來講都糟糕透頂的單車，到底怎麼弄來的？是怎樣？原來你有這種興趣嗎？」

「我騎這台單車在都內跑也超難受的啊！這是我偶然在會場碰到認識的人才借來的，所以沒辦法啊！」

「你要跟誰借才借得到啊——這種東西！」

「御鏡。」

「他太強了吧！」

「而且插圖好像也是他自己做的。」

「原來那個人還會畫插圖！」

「據說這叫『流星一號』。」

連取名都有因循梅露露的形象……哎，畢竟梅露露也是妹系動畫，他八成很喜歡吧。

「看到輪胎磨損得不少，感覺他平常就有在騎，我自己也覺得非常恐怖。」

技藝過人的創作者有滿多都是神●病耶。我看這遲早會被別人拍照當成梗來介紹。

「流星一號」……先將滿溢而出的慘痛度擱到旁邊不管，這台車實在是超有質感。假如是擺在房間當裝飾，我也會想要。畢竟有股衝動讓我非常想舔輪框嘛。雖然我無意把這帶到外面就是了。

唔唔，把才能浪費在無謂的地方，就是指這種情形嗎……

了解痛單車的底細後，接著我提出最根本的疑問：

「所以呢——你為什麼會在這裡？」

「還……還問為什麼。」

彷彿想起了要緊的事情，京介這時才回過神。

「我是來接妳的啦！」

「咦？」

「妳很期待去演唱會吧？」

「……」

我不知道該怎麼回答，一瞬間顯得躊躇。

沒錯。原本這場演唱會就是京介邀我去的。他說：「妳喜歡梅露露吧？我拿到了位置不錯的入場券，要不要一起去——」

哎，就我來說呢，要和這傢伙單獨去看演唱會？原本我是感覺超差的，拜託他放過我都來不及了。可是這傢伙不管怎樣都想找我一起去，而且我對演唱會本身也感興趣，又想到攝影兩點就會結束——所以就特別跟他說ＯＫ啦。

不過攝影的時間拖長，似乎會變得去不成。因此我才發了簡訊，說自己沒辦法去。

「……這樣啊。原來，你是來接我的。」

「對。」

京介瞄了手錶確認說：

「所以妳快去換衣服啦。」

「呼嗯。」

不知為何，我變得無法看京介的眼睛說話。

「可是，現在才去——」

「趕得上的啦。我會想辦法趕上。只要騎車走捷徑一直線過去，速度比車更快。」

他滿臉自信地「磅」一聲拍在「流星一號」後面的座墊上，講得輕輕鬆鬆。

「難道……你要我坐在這台車後面？」

「正是。我會載妳飆到會場。」

「你講正經的嗎！」

「當然。好啦，就叫妳快一點了。」

看來他似乎是說認真的。這傢伙最近……已經太習慣在人前丟臉，所以有許多部分都麻痺了吧？

「可……可是要換這套衣服也很花時間……」

當我在各層面感到掙扎時——

「——妳就穿那樣直接去如何？」

熟悉的聲音傳來。那種語氣像在消遣我們。

「咦？」

回頭看去，有台箱型車就停在旁邊，穿著套裝的美女從裡頭走出來。

那是我之前提到的女社長，藤真美咲小姐。

「事情我聽說了。你們沒時間換衣服了吧？弄髒也沒關係——直接穿那樣去如何？之後的事情我們會收拾——行李也可以幫妳寄回去。」

「您在說什麼啊！」

這是開玩笑的吧！目光裡帶有這種疑問的我，居然在瞪人時發現，這個人的眼神也是認真的。

糟糕。這裡每個人腦筋都不太對勁。

「穿著這種一堆花邊裝飾的衣服，哪有可能搭腳踏車——」

「讓我處理一下好嗎？」

美咲小姐無視反駁來到我旁邊。她揪起新娘禮服的裙襬——唰啦唰啦唰啦地猛撕！

「呀啊啊啊！等等——咦咦咦！」

「好了，這樣行動就變容易了。妳覺得如何？」

原來這個人會不以為意地做出和電影情節類似的事。由於她嘴角有笑容，感覺倒不如說是在消遣我們。

「呃……即使這樣也夠丟臉的耶！」

「但我覺得以造型設計來說並沒有問題。」

「我的意思不是那樣……」

明明美咲小姐看起來撕得很隨意，厲害的是衣服卻沒有因此變得破爛。

沒了外層裝飾的布料，禮服內側的迷你裙外露而出。

該怎麼說呢，藉由剛才的速成改造，這套禮服變得像奇幻作品的女主角會穿的服裝。職業感覺是公主。

「我不知道你們要去哪種演唱會，但要是穿那副模樣過去肯定醒目，順利的話說不定還能造成宣傳效果。」

「妳絕對是隨口說說而已吧！」

我生氣地吼了已經連笑意都不掩飾的美咲小姐。

然而這時我已經下定決心了。應該說，我認命了。

「——哎喲，知道了啦！讓我出這種糗，等下次見面時我絕對會大肆跟您抱怨，請您要有心理準備喔！」

「啊哈哈，慢走囉。」

可惡……這個人最好給我記住！

把對於美咲小姐的恨意烙進記憶後，我將屁股坐到痛單車的後座上。

我自暴自棄地大喊：

「好啦，快點出發！」

啟程的痛單車，開始朝長長坡道的底下飛速衝去。

「喂……你不要晃啦！」

「這樣很危險，妳再抱緊一點！」

「啥……啥啊？那……那樣胸部不就貼到你身上了嗎！你這色胚！妹控！」

我捶起京介的背。

「總比摔車好吧？」

「喂……呀啊……！哎……哎唷！」

別突然晃啦！這樣我只能抱住你了嘛！

「你……你喔！給我記住！」

「好好好。我明明是為了妳才過來接人，講得真過分。」

「還不是因為你對妹妹做出好色舉動！我看你玩妹系成人遊戲玩太多了吧？」

「我會玩成人遊戲，全是因為妳的關係吧！根本來說，只不過是腳踏車雙載讓身體貼緊而已，哪有什麼色不色的啊？反正我們是兄妹。」

「你最近常把『反正我們是兄妹』掛在嘴邊，可是聽起來只像是對我性騷擾的藉口！」

「想太多！妳就算誤會，也不要把抱怨的那些事拿去跟綾瀨她們告狀喔。」

痛單車載著大呼小叫鬥嘴的我們，奔馳在傍晚的道路上。車道塞得相當嚴重，就算是開車趕路，感覺也趕不上演唱會。看來要用最快速度抵達會場，腳踏車似乎正是最洽當的選擇。

……雖然每次等紅燈，都會被人從汽車窗戶用「看到怪東西」的眼神看就是了。

不過，這也難怪啦。

穿西裝的不起眼男和穿新娘禮服的超級美少女，飆著一台看了就覺得不太妙的痛單車。奇特過頭也該有個限度吧？

「……丟臉到家。」

「沒問題。馬上就會習慣。」

這傢伙也一樣，未免開悟得太過頭了。一想到他去秋葉原幫我排深夜販售那次——回程時也是像這樣在眾人視線下飆著腳踏車回家，儘管為時已晚，我心裡還是會湧上「對不起喔？」的感想。

「剛才在妳旁邊的大姊是誰啊？」

「美咲小姐。你也見過她吧？」

「啊……因為散發的感覺不一樣，我沒注意到。」

「只是換了髮型就認不出人，你的眼睛真不知道長多大。」

「妳想看的，是『ClariS』的演唱會吧？」

「嗯。有梅露露的新片頭曲。」

「是喔。」

「……時間來得及嗎？」

「包在我身上。」

我們聊著無關緊要的話題，腳踏車仍繼續猛衝。

「……還要多久才會到？」

「誰知道。但我覺得差不多跑完一半路程了——絕對會讓妳趕上啦，不用擔心。」

儘管汗流浹背又氣喘吁吁，京介完全沒有放緩踩踏板的速度。腳踏車毫無迷惘地沿著捷徑往前跑。

可是，我問的不是那個意思。我想問的，是還要忍受這種等級的丟臉事情多久耶？

「話說你怎麼髒兮兮的？還留了瘀青喔。」

「真的假的？我都沒發現。」

「你還說沒發現……」

哪有可能嘛。看起來明明超痛的。反正八成是在過來接我時，因為急急忙忙就摔車了之類吧……可是為了帶我參加演唱會，他正像這樣，上氣不接下氣地飆著腳踏車。甚至——不惜出這種洋相。

「……好嗯，你到底多妹控啊？」

「吵死了。」

我們重複著已經不知道是第幾次的鬥嘴。

不知道京介是什麼表情。

我也不知道自己是什麼表情。

過了轉角，路筆直地延伸在前。

他換成站起來騎，腳踏車一舉加快速度。

為了不被甩下車，我在抓著京介的手上使勁，於是額頭感覺到了他的背。

「…………」

滿身大汗的哥哥穿著西裝，妹妹穿著腳邊布料被撕破的新娘禮服。

兩個人搭了一台丟臉的痛單車。

在旁人看來，會是多噁心的光景啊？

「啊～啊，第一次騎車雙載居然是這樣。會鬧出這種狀況的兄妹，肯定只有我們而已。」

「喔……真的耶，感覺很討厭吧？眼淚都快冒出來了。」

彼此嘀咕的同時，我露出苦笑。

因為這傢伙大概也在想一樣的事情。

儘管我實在不想認同，也覺得真的太扯了——

不過，或許這樣才像我們。

「——到囉。」

腳踏車就停在演唱會的場地前面。
「快！」
「唔……嗯！」
哥哥牽著我的手。
我們兩個一起向前跑去。
由於每次和人擦身而過，都會見到他們愕然的表情，我害羞得一點辦法都沒有。
可以聽見歌聲。
那是發誓要掌握心目中未來的兩人，抱著希望踏出腳步後所唱的歌。
看來──我們似乎趕上了。
舞台的門一開，歡呼便如怒濤般湧現。
「────」
「────」
講出來的話全被喧鬧聲掩去，聽不見彼此在說什麼。
我們把臉貼近，吼著拉高音量。
「超擠的不是嗎！」
「喔！不過糟糕！加奈子的演唱會已經結束了！」

「還不都是你慢吞吞害的！我看搭車會比較快吧？」
「啊！……妳要這樣說喔！反正有趕上妳想看的表演不就好了！」
「吵死了。我們的位子！在哪！」
「對面！相反的那一邊！」
「那就不是這裡嘛！白癡！」
「乾脆直接在這裡看好不好？」
「會妨礙到其他人吧！唉喲——」
我們在擁擠的人潮中邊吵邊前進。
真是的……兄妹間的關係依舊不變。
明明剛歷經大騷動，卻沒有任何進展。
雖然沒有任何進展，不同的地方只有一點。
「我說啊。」
「嗯？」
「…………」
「怎樣啦？」
搞不懂妳什麼意思，苦笑的京介這麼表示。

傷腦筋，看來我說的話是被喧鬧聲蓋過去了，沒有傳到他耳裡。

即使只要再講一次就可以，不過對我來說，表達心意是難度非常高的事。那不是能夠連續講好幾次的台詞。

所以至少。

「哼，沒事啦！」

我緊緊握住與自己相繫的手。

為了不再和他走散。

Character file.18
Kanata Kurusu

來栖彼方

◆已解散的御宅族社團「小小庭園」的前任成員。
是一位區隔使用著七個筆名的漫畫家，使用頻率最高的筆名是「月見里ganma」。
同時也是黑貓喜歡的動畫「maschera」的原作。在公寓和妹妹過著兩人生活。

18

Character file.19
Kaori Makishima

槙島香織

◆沙織的姊姊。御宅族社團「小小庭園」的創立者。
是個人生太過自由奔放的人。幾乎什麼都能辦到，並非「樣樣通，樣樣鬆」，而是「樣樣精通」。
具備不可思議的領導魅力，光有她在，就會自然聚集人群。
現職為職業遊戲玩家。

19

後記

＊由於會觸及本篇的內容，請各位注意。

我是伏見つかさ，感謝您將《我的妹妹哪有這麼可愛》第九集拿到手裡頭。這次是從各個女角色的視點展開的特別篇。各位覺得如何呢？假如能讓大家讀得開心，我也會很高興。

〈我的姊姊是電波又少女心的聖天使〉

這是由日向視點展開的故事。要是寫一篇由「當事人視點」無法描述的黑貓祕辛，會是什麼情形呢？於是我便試著寫了出來。這也是桐乃和黑貓的妹妹們頭一次相遇。關於黑貓手機裡登錄的那個，責任編輯幫忙出了很多主意。在此感謝。

〈深夜中的女生對談〉

由桐乃視點寫下的短篇故事。有段場面揮淚砍掉了，我會設法再次挑戰。

〈我的妹妹就是這麼可愛〉

這是赤城視點的故事。雖說是搞笑的一回，沒想到會讓他們兩個展開這樣的對決……

〈變色龍千金〉

這是沙織的故事。標題我直接用了沙織角色歌曲的歌名。擔任作詞作曲的やしきん老師，

感謝你譜出這麼棒的曲子。要是挑明來講，沙織的故事以優先順序而言，排的位置絕對不能算多前面，所以過去即使想寫她的故事，也很難對責任編輯開口。既然這次是特別篇，我就抱著能讓編輯點頭就算運氣好的心態下筆，沒想到幾乎一次就過關了。真稀奇。

雖然還不能提到細節，總之本回出現的新角色，似乎會在本篇以外的地方再度登場。

〈突擊！乙女路〉

由桐乃視點寫下的故事。當哥哥不在，妹妹們會聊些什麼呢——這就是我想出這篇故事的發端。

〈鑄下大錯的黑暗天使〉

這是綾瀨視點的故事。綾瀨終於要cosplay成坦娜托斯・愛洛斯了嗎！對於如此以為的讀者，我很抱歉。想法偏激的綾瀨，會因為各種誤解而心慌，那副模樣若能讓讀者們覺得可愛，就太令人高興了。這篇故事裡，有為動畫片頭曲獻唱的「ClariS」兩位成員登場當特別來賓。

邀請我參加這樣有趣的合作企畫，又爽快地接受取材，感謝妳們。

〈妹妹的新娘禮服〉

我想讓桐乃穿新娘禮服！假如要招認，寫這篇故事純粹是為了實現我的願望。雖然我還沒看見，不過かんざきひろ老師肯定會畫出超棒的封面插圖吧！我非常想讓桐乃再穿一次這樣的服裝。

寄讀者信函來的各位，謝謝你們！我全部都有看，並從中獲得動力。我現在還能繼續這份工作，都是託各位的福。

今後也請各位多多賜教。

二〇一一年六月　伏見つかさ

Kadokawa Light Novels

這樣算是殭屍嗎？ 1~6 待續

Kadokawa Fantastic Novels

作者：木村心一　插畫：こぶいち むりりん

性騷擾疑雲密布？
冤枉啊大人，還我清白！

無關假日，步被叫到了學校的一間教室。但那裡今天變成了法庭，進行「相川步性騷擾疑案」的審判。法官是春奈，檢察官則是瑟拉。而替步辯護的只有呆瓜友紀……在這種四面楚歌的狀況下，他是否能無罪脫身？

台湾角川

各 NT$180/HK$50

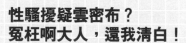

國家圖書館出版品預行編目資料

我的妹妹哪有這麼可愛！ / 伏見つかさ作 ; 周庭旭, 鄭人彥譯.——初版.——臺北市 : 臺灣國際角川, 2009.06

面 ; 公分.——(Kadokawa fantastic novels)

譯自 : 俺の妹がこんなに可愛いわけがない

ISBN 978-986-237-137-4(第1冊 : 平裝)

ISBN 978-986-237-271-5(第2冊 : 平裝)

ISBN 978-986-237-411-5(第3冊 : 平裝)

ISBN 978-986-237-591-4(第4冊 : 平裝)

ISBN 978-986-237-770-3(第5冊 : 平裝)

ISBN 978-986-237-870-0(第6冊 : 平裝)

ISBN 978-986-287-071-6(第7冊 : 平裝)

ISBN 978-986-287-386-1(第8冊 : 平裝)

ISBN 978-986-287-523-0(第9冊 : 平裝)

861.57　　98007943

Kadokawa
Fantastic
Novels

我的妹妹哪有這麼可愛！ 9

（原著名：俺の妹がこんなに可愛いわけがない 9）

2012年2月1日 初版第1刷發行

作者：伏見つかさ
插畫：かんざきひろ
日版設計：伸童舍
譯者：鄭人彥
發行人：塚本進
總監：施性吉
總編輯：呂慧君
副總編輯：蔡佩芬
主編：吳欣怡
文字編輯：洪于琇
美術副總編：黃珮君
美術主編：許景舜
美術編輯：陳晞叡
印務：李明修（主任）、張加恩、黎宇凡
發行所：台灣國際角川書店股份有限公司
地址：105台北市光復北路11巷44號5樓
電話：（02）2747-2433
傳真：（02）2747-2558
網址：http://www.kadokawa.com.tw
劃撥帳戶：台灣國際角川書店股份有限公司
劃撥帳號：19487412
法律顧問：寰瀛法律事務所
製版：巨茂彩色印刷品有限公司
ISBN：978-986-287-523-0
香港代理：角川洲立出版（亞洲）有限公司
地址：香港新界葵涌大連排道200號偉倫中心第二期20樓前座
電話：（852）3653-2804